U0134424

EX-FILE

Available on the Happy Store

GET IT ON Guru Play

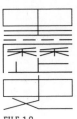

黑歷史

死性不改

永恆的鑽石檔案

負評王

生日快樂

善解人意

命中注定

Line of Life

離線者

愛情打手

KOL

FILE 1.0

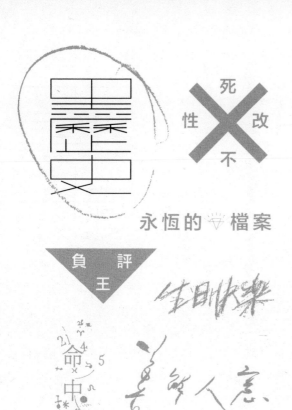

FILE 1.0

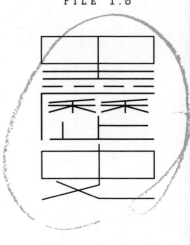

黑歷史

從台上看下去，現場是一片黑壓壓的人海，每一顆腦袋都翹首以待，但 Anson 絲毫也不覺緊張，從他眼中看出去，他們只是一堆數據——不只在座的人，Anson 認為世間上所有事物都應該要被量化，被計算，這也是他今天站在這裡的原因。

台上的射燈亮起，西裝筆挺的 Anson 從台側的暗門走進燈亮處，老實說，他覺得一身西裝革履地上台講話簡直俗套死了，可是人們總是輕易被表象所蒙蔽，在社會如是，在愛裡亦如是。

一層合乎世俗期望的包裝紙，能夠讓裡頭驚世駭俗的東西贏得支持。

「歡迎大家出席手機應用程式 Ex 的發佈會。我是創辦人 Anson Chow。」

歡迎掌聲過後，Anson 不徐不疾地說道：「Ex 是一個讓你點評前度的手機應用程式。我們採用實名登記制，登記用家可以向心儀用戶發出邀請，在對方確定後開始交往。一旦情侶中任何一方發出分手通知，戀情就會即時作結。」

Anson 背後的 270 度投影屏幕正展示出 Ex 的程式介面。

「分手後，雙方可以將戀情評定為正評、負評或不予置評，以及撰寫詳細評語。」Anson 將腹稿一字不漏地說出：「我們更可依據前度的樣貌、性格、財富、衣著、溫柔體貼度、接吻技巧、床上表現及分手禮儀等個別項目作出評分。所有數據一旦輸入將會永久公開存檔，不得更改。」

「系統會依據用家的性價比——包括 Ex 的數目及各評分項目等——列出最佳及最差排行榜，供用家挑選對象時參考，系統亦會交叉分析所得數據，定時為用家推薦交往對象。」

台下是一雙雙等待被救贖的眼睛，Anson 是真心這麼相信的。

「我有信心，Ex 的程式機制將會編寫愛情的全新規則。」

在持續了整整幾分鐘的雷動掌聲後，發佈會進入發問環節。

來自《科技學人》的記者首先發問：「周先生為甚麼會忽發奇想，研發這個手機程式？」

Anson 早就預備了答案：「自從進入了網絡時代，不論是民生政治還是娛樂消遣，每個人都可以藉著點讚或負評，公開發表個人意見。既然各樣事物都擁有自己的大數據，幫助我們從中獲取真正有用的訊息，那麼為何感情不可以呢？」

「這和你的個人經歷有關嗎？Facebook 創辦人當初正是因為私人原因，才弄了個 Social Network 出來。」一份向來沒甚報格的小報記者搶著發問，科技才不是他關心的事。

Anson 佇立台上，沉默良久，發佈會導播透過耳機不斷催促 Anson，工作人員都急出一身汗時，Anson 終於說話了。

「在我讀大學的時候，邂逅了我的初戀女朋友。我從來不相信甚麼一見鍾情，以為那是小說才會出現的老掉牙情節，可是在遇見她的那一秒，我知道我錯了。也許那時候年少不懂事，以為牽了手就是永遠，然而當蜜月期的糖份消散之後，我們步入了痛苦的磨合期，過程雖然漫長而痛苦，可是我相信一切都是值得的。」

又是一陣沉默。

「我真的很努力去為她改變，如果我是個機械人的話，為了她，我真的不介意換去身上所有的零件，我相信她也一樣盡過力了，可是我們之間實在有太多無法跨越的鴻溝。」Anson 覺得自己的聲音很陌生：「她一句說話也沒有留下，就這樣走出了我的生命。我不知道這段感情對她來說有甚麼意義，也不知道我在她心目中是甚麼樣子。過去的日子就隨著她的離開，憑空蒸發掉。我像一個自說自話的人，默唸著一段不被記起的愛情。」

台下記者席的閃光燈眨個不停，扎痛了他的眼睛。

「所以我花了八年時間研發出 Ex，有了 Ex 的數據庫，我們可以省卻許多時間，免除很多麻煩，讓大家從茫茫人海中剔除掉眾多不適合的對象，減少磨合的痛苦，自然愛得更有效率。」

他逼令自己抖擻精神，因為這件事不容有失，過去八年的每一天，都只是為了今日。

「同時間，Ex 起著鞭策的作用，傷害別人，不但會在別人心上烙下不能磨滅的疤痕，更會在你的檔案中留下永久存檔的負評。」他深深吸了一口氣，「而更重要的是，相愛的證據能夠永遠被記載於雲端，不會在愛人離開以後，無聲無息地消失掉。」

Anson 的故事成功讓 Ex 一炮而紅，不僅長踞手機應用程式的下載榜首，甚至有網民發起號召，誓要人肉搜尋出 Anson 的初戀情人 Cathy，希望他們可以舊情復熾。

可是風向一轉，有知情人士大爆當年 Cathy 原來有外遇，因為第三者才一言不發地離開 Anson。事情朝著失控的方向發展，Cathy 迅速被網民起底，一夜之間，由丟了玻璃鞋的灰姑娘，成了端著毒蘋果的女巫。

頓成全民公敵的 Cathy，終於聯絡上 Anson，約會地點定於大學旁的咖啡店，那是他們當年經常流連的地方，而提出這個建議的，是 Anson。

「許久不見。」Anson 落落大方地向 Cathy 打招呼。

Cathy 戴上了茶色墨鏡，不知是怕被路人認出，還是要遮蓋她憔悴的模樣，她柔聲地說：

「有八年了吧？」

她的聲音依舊悅耳動聽，Anson 想起了她銀鈴般的笑聲。

「是八年九個月零七天。」他呷一口加了威士忌的咖啡，這些年來，他都得靠這東西來止住顫抖的手。

Cathy 低著頭困窘地說：「對不起，要你從那些報道中得知當年分手的真相。」

「我早就知道。」Anson 直截了當地回答。

「甚麼？那為甚麼你要對記者說那個故事？」

「因為人們都喜歡聽故事，有了故事，我的 Ex 就不會只是一堆冷冰冰的數字，而是一個有血有肉的程式。」Anson 嚐不到咖啡的味道，他覺得自己連味覺都失去了。

「其實你要替 Ex 做宣傳我是理解的，可是如今我因為那個故事而成了眾矢之的……」

Cathy 幾乎是以哀求的語氣說：「我當年的確是做錯了，是我對你不起，是我辜負了你……

但既然你在發佈會上故意隱去了我做錯的事，我知道你並不希望有這個結果的對不對？你幫我這一次，替我向外界澄清好嗎？」

Anson 凝視著 Cathy 蒼白的臉，在見面之前，他不明白為甚麼這些年來，時間好像偏幫她似的，無論怎樣回想相愛的細節，他在她身上也找不到半點瑕疵，到底憑甚麼她可以在他心裡永遠年輕？可是此時此刻，他意外發現時間原來對所有人都一視同仁，都是那樣殘忍。

「你不只當年錯了，現在也同樣錯了，我就是希望有這個結果。」Anson 冷冷地說：「我不說你離開的原因，就是要讓他們自己去查。故事要深入民心，除了故事本身要動聽之外，最重要的，是要讓觀眾有投入感。由他們一手一腳去拼湊出故事的全貌——你是水性楊花的女人，我是由始至終被蒙在鼓裡的癡情男人——人們就更加信以為真，更加不能自拔。」

Cathy 顫著聲問：「你真的這樣恨我？要花八年時間去報復我？」

「由八年之前，直至今天，那種無緣無故被撇下的孤獨感，那種拚命付出卻一無所獲的無力感，還是一日比一日強烈，但更令我痛苦的是，我知道你完全不會在意。」

Anson 直直地看進 Cathy 眼裡，他曾經以為這雙眼睛，會陪他看遍世界上最美麗的風景。

「過去八年，我在你心中甚麼都不是；現在，至少你會恨我了。」

黑歷史

死性不改

永恆的💎檔案

負評王

生日快樂

善解人意

命中注定

離線者

KOL

愛情打手

FILE 2.0

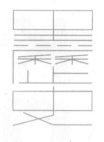

FILE 2.0

KOL

Dan 在 Ex 的戀愛對象多達五百幾位，不僅數量冠絕全場，更得到清一色的正評，這個空前絕後的 Ex-File 讓他成為 KOL，這天他便獲邀擔任愛情節目嘉賓，教授他最擅長的「完美分手法」。

主持人跟 Dan 寒暄了幾句暖場之後，馬上切入正題：「聽說你即將出版新書《完美分手法》，那是一個怎樣的概念？」

Dan 面對鏡頭已經駕輕就熟：「先旨聲明，世界上並沒有統一標準的完美分手法，孔子在二千多年前已經提出要因材施教，我覺得分手也是一樣，我們要為每一個伴侶度身挑選最適當的分手方式，不單為了自己的評分，更是為了感謝那位曾經讓我們哭也讓我們笑的人。」

主持追問：「那具體操作是怎樣的呢？」

「我們愛一個人，總是有原因的。如果你的另一半和你在一起是因為你有錢，那麼她便是貪你的財；如果她看上你的外貌或你的身材，那麼她便是貪你的色。」Dan 仔細說明：「在我看來，貪財是最好辦的，因為她們要的東西很明確，不是錢，就是面子。譬如說，你在分手夜請她享用一頓豪華精緻的晚餐，準備一份上得檯面的禮物，說辭盡量 Dramatic 一點，那麼她一定會在 Ex 上給你正評，有些才情的女生，或許還會把這段可歌可泣的分手儀式仔細紀錄下來，供人們瞻仰愛情的遺容。」

主持刁難道：「你真的認為完美分手法可以讓對方完全不受傷害嗎？」

「完美分手法不一定能讓對方免於傷害，只是從所有可能性裡面，挑最好的那個方式來分開。但是對某些人來說，傷害本身就是一份可堪回味的紀念品，不然 Ex 也不會如此流行，要承認自己是個沒有故事的人，也太丟臉了吧？」

錄影結束後，Dan 的經理人 Tony 走進化妝間劈頭便說：「你看了報道沒有？」

Tony 把雜誌啪的一聲扔在化妝桌上，只見封面是近來在 Ex 人氣急升的阿 U 專訪。

Dan 拿起雜誌翻了翻說：「他不是只有三百多個 Ex 嗎？這些記者那麼快便盯上他，最近沒新聞可以報嗎？」

Tony 在化妝間裡來回踱步：「早兩個月還是三百多個，現在已經累積到四百多了，就排在你後面！」

Dan 隨手扔開雜誌道：「你也懂得說，他還排在我後面，放輕鬆點吧。」

「數量是一個問題，但更麻煩的是，他擅長撬牆腳，只要是他盯上的，全都能追到手，你有你的『完美分手法』，他有他的『橫刀奪愛術』，你知道記者最愛這些名堂。」Tony 警告 Dan。

Dan 離開化妝間前擺手道：「他追不上我的，你放心好了。」

翌日，Dan 相約了現任女友到新開幕的酒店餐廳，純熟地和她分手告別，好讓自己在 Ex 裡的正評數再添一筆。

那天清談節目的內容被電影公司看中，令 Dan 得到了微電影編劇一職。

這日他從電影公司開會後離開，才走了兩個街口，忽然就下起洩洪大雨，他閃身跑進一間書店暫避。

「洗手間有乾手機可以吹乾頭髮喔，這種天氣很容易著涼的。」

Dan 聞聲轉身，只見穿著白色制服，腰間束上圍裙的女生給他遞上紙巾，別在胸前的名牌寫著 Vanessa。

對於一個把談情與分手當成職業的人，基本上從女生的第一句說話第一個眼神，Dan 已經可以判斷她們的本質和意圖了，可是眼前這個女生，Dan 卻看不穿她的心思。在髮梢雨水滴下的一瞬間，他決定要認識她。

這種未知與好奇其實是所有戀愛的前奏，只是 Dan 還未知道音樂已經響起。

他接過紙巾，把身上的雨水擦乾：「謝謝你。我正在找一間書店為微電影取景，沒想到這場大雨幫了我一個忙。」

Vanessa 卻面帶歉意說：「可是老闆今天不在，借場地拍攝的事我不能做主。」

「有一件事是只有你能夠幫我的，我還欠一個素人女主角，你願意試試看嗎？」

Dan 借拍攝為名，和 Vanessa 持續見面，沒想到二人非常投契，由電影製作談到書店營運，由咖啡拉花談到塔羅天文，從柳永李煜聊到瑞蒙卡佛，時針轉了一圈又一圈，他們正以相同的頻率靠近彼此。

以往 Dan 總是採取速戰速決的策略，認識女生後的一星期內，在 Ex 向對方發出交往邀請，而他也箭無虛發，順利地增添一個又一個正評。就在剛才他們隔著電話互道晚安以後，Dan 認為大概是時候向 Vanessa 發出交往邀請，於是他登入 Ex，鍵入了 Vanessa 的資料。

如創辦人 Anson 所言，Ex 成為了全新的戀愛規則，這個年代的人不必琢磨如何探問對方過去的戀情，也不必躊躇如何開口表白，大家只須按一個鍵發出邀請，對方也只須按下拒絕或確定，無論愛與不愛，都沒有難堪，不用尷尬，一切來得方便快捷。

可是 Dan 無法找到 Vanessa 的 Ex 帳號。他推斷只有兩個可能性，一是 Vanessa 完全無視潮流，沒有使用 Ex，這種特立獨行，也是 Dan 欣賞她的特質之一；二，就是她從未談過戀愛，自然用不著 Ex。

然而無論哪一個原因，都令 Dan 忐忑難安，頭一次，他沒有以自己 KOL 的身份為榮，而是擔心他多若繁星的 Ex-File，會讓她猶疑卻步；萬一這是她的初戀，那麼談戀愛只是為了分手的自己，又應不應該和她開始？

這種七上八下的心情自初戀以後已經不曾出現，Dan 以為那只是成長的陣痛，沒想到這條神經今天還會隱隱跳動。

* *

Dan 為 Vanessa 度身撰寫劇本，讓她能輕易演活角色。然而在一切都敲定以後，電影公司因檔期問題而臨時換角，把男主角改由阿U擔綱。Dan 雖然不滿，但是礙於身份，也只能妥協。

看著 Vanessa 在鏡頭前和阿U扮演一對，縱然知道那不過是劇情需要，Dan 仍然感到胸口鬱悶，彷彿有一隻大手在體內掏空他的五臟。

一個前所未有的念頭逐漸浮現——他想要把他的姓冠在她的名前，他想要和她迎接每一個早晨的第一道光線，他想要和她為了家中的地氈或浴簾該用甚麼花款甚麼顏色而爭辯。

他想了許多許多，唯一不想發生的，是她會成為他 Ex-File 中的其中一個名字。

拍攝休息期間，Dan 在現場對 Vanessa 特別照顧：「不用緊張，你就當鏡頭不存在，只要像平常一樣顧店、整理書架、發呆就行了。」

「我哪有發呆！」Vanessa 作勢撻打 Dan。

阿 U 留意到 Dan 和 Vanessa 狀甚親暱，故刻意上前搭訕道：「說到發呆，Vanessa 你有沒有聽過發呆大賽？」

「有這樣的比賽嗎？」

「當然了，比賽源自韓國，後來每年都把賽場搬到世界各國進行，目的就是要讓都市人能夠名正言順地放空腦袋，真正地休息一下。」阿U話鋒一轉：「但我想這樣的比賽一定不適合Dan吧。」

Vanessa不明所以：「為甚麼？」

「因為阿Dan是Ex的頭號KOL啊，他前度的數目，大概比現場所有人加起來還要多，他哪騰得出時間來發呆？」阿U笑裡藏刀：「單單在劇組這裡，你看見的每一個女生他都交往過，我想除了他本身條件優秀之外，一定也很懂得追求女生吧？欸！他有追求你嗎？」

Dan不是沒有想過向Vanessa坦承過去，只是他一直在尋找適當的機會，是的，就如以往他總會在適當的時機向別人提分手一樣，只是那個最好的機會，就跟他和她本來可以擁有的未來一樣，已經永遠錯失了。

拍攝完畢後，Vanessa 已經整整兩個星期失去聯絡，Dan 失魂落魄，連 Tony 為他安排的新書出版活動都悉數缺席。這段時間，阿 U 愈戰愈勇，Ex 數目不斷飆升，直逼 Dan 排名第一的位置，但沒關係了，Dan 想要的，不再是那堆數字。

思念是離開的人留下的遺囑，守在原地的人，是唯一的執行者。

在 Dan 最孤獨無助的時候，竟然收到了 Vanessa 在 Ex 上的交往邀請。

* *

Vanessa 跟 Dan 約在初次邂逅的書店見面，這夜還是下著一如當天的雷雨，綿密雨點打在玻璃窗上面，奏出這場愛情故事的終章。

Dan 一步進書店，就看到自己的新書《完美分手法》砌成了書塔，放置在店中央的當眼位置。

「知道為甚麼我約你見面嗎？」Vanessa 從書塔隨手拿一本來打開誦讀：「完美分手的第一法則，是要分得乾淨俐落，不拖不欠。」

Dan 伸手把書合上：「不要開這種玩笑好嗎……」

「會把感情當玩笑的人是你。」Vanessa 盯著瓷磚地板上的一條裂紋，她無法對這種瑕疵視而不見：「我登記 Ex，就是為了看你那份名單。」

「Vanessa 你聽我說，那份名單對我來說已經沒有任何意義……」

「她們有的比我漂亮，有的比我年輕，總之比我這個平凡的書店職員好太多太多了，如果

她們都滿足不了你，我也不會不自量力。」

Dan百口莫辯，他衝口而出道：「但我根本沒有愛過她們——」

「因為你愛的只是那些正評。」

Dan無言以對，浪子回頭難，可是找個願意相信他會回頭的人，原來更難。

「書裡最後一章寫道，完美的分手需要在臨別前，為對方準備一份他最喜歡的禮物，我想……我能夠送給你的，就只有這樣了。」

Vanessa從圍裙口袋掏出電話，只需一瞬間——就如當日Dan決定認識Vanessa的那一瞬間——Dan的電話就收到了Ex的分手通知，上面顯示Vanessa給予這段感情正評，評語是：

祝你分手快樂。

GROUND CONTROL
TO
MAJOR TOM

黑歷史

死性不改

永恆的鑽石檔案

負評王

生日快樂

多餘人戀

命中注定

離線者

愛情打手

KOL

FILE 3.0

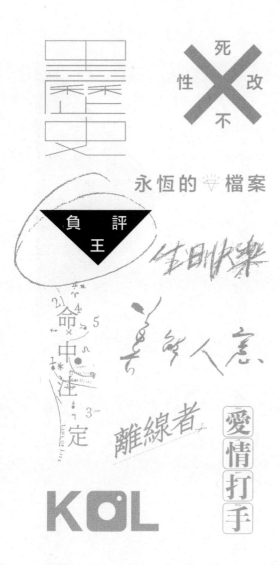

負評王

「糟了，今個月的點擊再創新低，老總又要給我面色好看……」Vivian伏在電腦前，沒精打采地抱怨。

「不對讀者口味不代表你寫得不好，」攝影師同事兼男友Kenny安慰她：「這個世道呀，說不定愈少人看才代表愈有質素。」

「你這樣說也太偏心了吧！」總是擠進點擊數三甲的Mandy抗議：「我就算是炒討論區冷飯也很辛苦好不好？我的眼睛都快要瞎了。」

Vivian 連安慰也聽不入耳：「我已經連續好幾個月墊底了，寫甚麼故題都吸引不了讀者，你說我是不是入錯行了？」

Kenny 擦著他的長鏡頭說：「樂觀點吧，也許下次就爆數跑第一呢？」

「如果有倒數排行榜的話。」Vivian 說。

Mandy 靈光一閃：「欸我想到了！不要說我不夠朋友，就送你一個故題。Ex 不是有個負評排行榜嗎？你看看這個人。」

Mandy 打開 Ex，Vivian 和 Kenny 把頭湊上來看。

「傅家朗，拍拖二十七次，清一色負評，看看這個評語——『你是我生命中最想抹去的錯誤。』嘩，簡直是 Soundbite 一樣！」Mandy 提議：「不如你放蛇去跟這個負評王拍拖，夠 Juicy，讀者一定喜歡看！」

Kenny 搖頭：「你別害她，這種男人一定有人格缺陷，可能是個變態也說不定。」

Mandy 悻悻然地說：「不捨得你的寶貝女友呀？那就當我沒說好了。」

Kenny 困窘地解釋：「她一向不是走你這種路線的，就算放了蛇也寫不來那種故事。」

「當記者哪有分甚麼路線，有點擊的就是好故事。」Mandy 說得理所當然：「如果不肯改變的話，就別抱怨為何讀者都不看你。以前紙媒不都是這樣全軍覆沒了嗎？我們這些留得下來的網媒就不能像他們那樣不思進取。」

「你說得也有道理……」Vivian 開始動搖：「但我正在跟 Kenny 交往呀，負評王只要一 Search 我的名字不就知道了嗎？」

Mandy 的白眼快要翻到後腦：「那你們先在 Ex 分手不就好了，按一個鍵有多難？」

Vivian 雙手合十說：「Kenny，可以嗎？」

Kenny 無可奈何地道：「我能說不嗎？你別給我負評就好。」

「Yeah！」Vivian 馬上向 Kenny 發出了分手通知。

「跟我分手有那麼快樂嗎……」Kenny 沒好氣道。

Vivian 忽然又洩了氣：「但我要如何讓他答應跟我交往呀？」

Mandy 一手拿過 Vivian 的手機，在 Ex 上向負評王發出了交往邀請。

Vivian 傻眼道：「我們素未謀面，他會答應我才有鬼呀！」

話音未落，手機通知顯示他已經接受了交往邀請。

「大哥，有沒有這樣飢渴呀？」Kenny 鄙笑道。

Vivian 拿著電話手足無措：「接下來我該怎麼辦？」

Mandy 想也不想就說：「跟他約會呀，看看他到底是人渣還是毒男，為甚麼人人都給他負評。」

Vivian 怯場：「萬一他是變態殺人狂怎麼辦？」

「既然他得到那麼多負評，證明那些前女友都還在生吧？」Mandy 說。

「不過說來也奇怪，那些前女友的評語不是罐頭式咒罵，就是含糊其辭，總之就是沒有人說得清楚他到底有甚麼問題。一般不是應該寫個千字文來數臭他才對嗎？」Kenny 還在研究負評王的 Ex-File。

Vivian 也大惑不解：「要是她們給的是正評那倒容易理解，肯定是打手來的。但奇怪在她們留下的都是負評呀，大抵沒有人會花錢請打手來負評自己吧？」

「所以這就是讀者想看的原因，Vivian，信我，這次一定爆數！」Mandy 斬釘截鐵地說。

****

在 Mandy 的指導下，Vivian 透過 Ex 的即時通訊功能聯絡了傅家朗，兩人約定了初次約會的時間和地點。

「你是 Vivian？」

「是！你好！」Vivian 馬上應道，只差沒向他敬禮。

傅家朗笑說：「你是當兵還是見到訓導？不用那麼緊張，放鬆點吧。」

Vivian 只見他中等身型、外貌清爽，怎樣看都是讀書時代班上總會有一兩個的那種同學，大抵壞男人是沒有樣子可以看的。

傅家朗看看手錶，沒有為自己遲了十分鐘而道歉，反而催促道：「走吧，電影快要開場了。」

Vivian 邊走邊問：「你已經買了戲票嗎？」

「你說想看嘛，這套戲剛上映，不預先在網上訂票不行。」

Vivian 說：「我那些 Ex 從來不會預先購票的。」

傅家朗恍然大悟般：「所以他們才變了你的 Ex 吧？」

「當然不是！」Vivian 急忙否認。

「開玩笑的，走吧！我看電影不喜歡錯過 Trailer 的。」

Vivian 本來還憂慮在漆黑的電影院，不知道負評王會不會趁機做出甚麼冒犯的事來，可是整場電影下來，他都只是安分地觀影。

電影散場後，傅家朗說：「VR 就是要看特技電影才是王道，用來看剛剛那套無病呻吟的愛情電影簡直是浪費。」

Vivian 滿腦子都在盤算著接下來的事，於是隨便應道：「也不能一概而論吧。」

「除非那是愛情動作電影。」傅家朗把話題一轉：「我肚子餓了，你想吃甚麼？」

「我都可以，無所謂。」

傅家朗嘆了一口氣：「你老實說，這是個圈套吧？」

「甚麼？」Vivian 不知道自己在哪個環節露出了馬腳。

「你們女生都愛說無所謂，但心裡其實已經有一個答案。為甚麼就是不能把心裡所想的直接說出來？又是為甚麼來來去去都只喜歡吃那些只有賣相的餐廳？」

Vivian 鬆了一口氣，她嘀咕道：「才不是每個女生都像你說的那樣。」

傅家朗挑起眉毛問：「那你想吃甚麼？」

「吃……」第一樣閃過腦袋的答案是：「吃漢堡！」

傅家朗耍嘴皮：「就說你有答案嘛！去哪裡吃？」

「就帶你去一家隱世小店，別以為女生都只懂相機食先。」

Vivian心想，他這個人說話是有點自以為是，走路時也不會遷就女生走慢一點，但這都是一般男生會犯的毛病，為甚麼會落得負評王這個污名呢？她今天一定要弄個清楚明白。

＊＊＊＊＊＊＊＊＊＊＊＊＊＊＊＊＊＊＊＊＊＊＊＊＊＊＊＊

來到這間隱身在民居的漢堡店，Vivian介紹：「這裡是家庭式經營，不賣廣告，也不接受訪問，所以明明是宇宙級好吃，但也沒有甚麼人知道。」

傅家朗看著餐牌：「那你是怎樣知道的？」

Vivian 本來想回答是 Kenny 帶她來的，但因為心虛而說了謊：「我偶爾經過時發現的。」

如果說世間上有一種東西叫做戀人的直覺，那麼剛才 Vivian 的腦海中無端閃出這家店，說不定正是因為她和 Kenny 有無法言喻的連結。不然她怎麼解釋自己為何會在今天來到這兒？又為甚麼 Kenny 和 Mandy 偏偏在這個時刻牽著手進來？

她怔怔地看著這個刺眼的畫面，腦中重播著 Kenny 和 Mandy 經常互傳訊息，還有 Mandy 如何極力鼓勵他們假分手的事，這些零碎的片段閃現、重組，像讀到故事的結局時，你合上書本，忽然明白了所有的伏筆。

傅家朗循著她的視線看過去：「那不是你的 Ex 嗎？我看過你的 Ex-File，你們是早幾天才分手的吧。」

因為傅家朗大幅度轉身的動作，Kenny 和 Mandy 也看見 Vivian，Kenny 馬上鬆開了 Mandy

的手，這個欲蓋彌彰的動作已經說明一切了。

Vivian 顧不上甚麼報道甚麼點擊了，她從座位上逕直走到他們面前質問：「你們瞞著我多久了？」

Kenny 被餐廳內的眼睛盯得渾身不自然，他為難地說：「我們回去再說好嗎，這裡大街大巷，不要把場面弄得這麼難看好嗎……」

「回去哪裡？」Vivian 咬著嘴唇，她告訴自己不可以掉眼淚，「我們再也回不去。」

傅家朗走上前來：「這裡只有我一個人不知道發生甚麼事嗎？」

Vivian 在眼淚落下之前衝了出店，彷彿只要往鬧哄哄的人堆裡鑽，那麼寂寞也能被稀釋一點點。

她很希望 Kenny 會扔下 Mandy 追上來，然而當她跑得累了停下來的時候，她發現只有傅家朗跟在後面。

「看你個子小小，走起路上來倒是挺快的。」傅家朗說。

「你為甚麼跟上來？」

「你們女孩子上演這種拔足狂奔的戲碼，無非想有個人追上來吧？既然他不追，就只好我來追了。」

Vivian 雖然不喜歡他的腔調和口吻，但看見他額角上滲著汗珠，還有濕了一大片的衣服，也就明白他只不過是口硬心軟。

「其實我騙了你。」

傅家朗環視四周：「不要告訴我剛剛在拍甚麼真人騷呀？」

Vivian 搖搖頭：「我是個記者，應該說，是個失敗的記者，我跟你約會是想知道為甚麼你會在 Ex 得到那麼多負評而已。」

傅家朗沉默片刻，然後說道：「所以剛才那個其實是你的現任男友？」

Vivian 苦笑：「我想，現在他也是 Ex 了。」

她有氣無力地說：「Sorry，騙了你。」

傅家朗問：「那麼你有結論了嗎？」

「甚麼結論？」

「關於我為甚麼會得到那麼多負評。」

Vivian 歪著頭說：「老實說，我還是想不透。」

傅家朗笑說：「你不會覺得我毫無缺點吧？我還以為除了我媽以外，沒有其他女人會這樣評價我呢。」

「不，缺點還是有的，例如你走路時步速很快不顧別人、會毫不客氣地否定別人的喜好及口味、喜歡把女生定型——」

傅家朗擺手道：「夠了夠了，我只不過叫你說一個而已。」

Vivian 笑了笑：「但是你也有優點，我覺得你其實挺幽默的。」

傅家朗說：「Come on，我還在聽呀，怎麼優點就只說一個？」

「看，我沒說錯吧。」Vivian 說：「說真的，為甚麼你會成為負評王？」

「人家說愛情失意，事業就會得意，我就姑且讓你獨家訪問吧。」傅家朗語氣平淡，彷彿在說著別人的故事：「我曾經也是個好好先生，有一個我喜歡的女生，我守候了她好幾年，最後她卻選擇跟一個聲名狼藉的男人在一起。」

「所以謎底就是『男人不壞，女人不愛』這麼簡單？」

「那只是第一階段。」傅家朗問：「你小時候讀書成績好嗎？」

Vivian 老實回答：「一般般。」

「那麼你一定明白，只有成績最好和最壞的學生才得到老師注意的道理吧？」

Vivian 仔細咀嚼他的話，「說來的確如此……」

「那時候我就想，要做最好的那群我自知是沒有條件的了，那麼做最差的總可以了吧？於是我就故意胡說八道，做事我行我素，結果女朋友的確是交了一個又一個，但很快就換來了幾個負評。」

Vivian 囁嚅道：「但你現在不止幾個負評，而是好幾十個……」

傅家朗繼續解釋：「聽過『負評行銷』嗎？外國有餐廳故意把食客的惡劣食評貼在餐廳當牆紙，這樣反而讓生意額大增。其實說穿了，Ex 只是個愛情版的 OpenRice 而已。當我累積到了一定數量的負評，反而吸引了別人的注意，你當初不也是因為好奇才找上我嗎？」

Vivian 疑問：「但就算因為好奇而跟你交往，我看你為人也不是那麼差呀，怎麼清一色得到負評？」

傅家朗說：「總有人喜歡貶低別人來抬高自己，沒有我的壞，哪裡顯出她們的好？而當大家都公認我是負評王時，如果有個人跑出來替我說好話，那麼她就會被所有人質疑她的品味，甚至轉為人身攻擊。之所以人云亦云，除了沒有主見，還可能是屈服於群眾壓力。」

「但現在這樣你也無所謂嗎？」Vivian 對他感到內疚：「要不我來當你的第一個正評？又或者我可以將事實寫出來，替你好好澄清！」

傅家朗卻斬釘截鐵地說：「不必了，記得我剛才說甚麼嗎？如果不能成為最好，那麼就成為最差。而且，你不是需要這個故事嗎？」

「甚麼故事？」

傅家朗彈了她的額頭一下：「你到底是笨還是單純？作為女朋友，男朋友跟好朋友搞在一起也沒有發現；作為記者，連讀者喜歡看甚麼也不知道？」

Vivian 無言以對。

「不用替我澄清，你只管編你需要的故事，反正在這個世代，總會有貼不完的標籤。」傅家朗輕描淡寫地說。

****

「你那篇負評王一見街就洗了版，現在整個網絡都在討論，第一篇報道就有這個數字，Well done!」在辦公室裡，總編畫著平板電腦上的點擊報告說。

Vivian 辭了職，挾著負評王這篇獨家報道，以高薪加入舊公司的最大競爭對手。

「我還擔心寫得太過火呢。」

「別傻了，就是要加點鹽花才滋味，我還略嫌寫得他不夠賤。」總編說：「你再 Brainstorm 一下類似的故題吧，Ex 那邊主動找我們合作，讓我們做一個系列報道。讀者喜歡吃，我們就餵飽他們為止。」

走出總編的辦公室之後，Vivian 從口袋中拿出震動的手機，看見 Ex 彈出通知，提示她有兩段已經結束的感情尚待評分。

她和 Kerny 走過一段不長不短的路，爭執當然難免，但也有過不少快樂片段，感情是否真的有一條方程式可以量度計算？她無法用一個正評或負評去總結。

唯一可以肯定的是，她給傅家朗再添了一個負評，評語是：

YOU ARE THE WORST.

黑歷史

死性不改

永恆的鑽石檔案

負評王

生日快樂

善解人意

命中注定

離線者

愛情打手

KOL

FILE 4.0

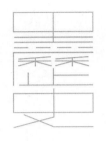

FILE 4.0

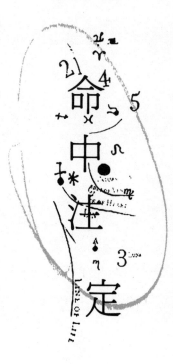

命中注定

「我分手了。」Mathilda 對閨蜜婷婷說。

「怎麼了？不是說這個男生挺好的嗎？」婷婷不解。

「我也不知道怎麼搞的，就是感覺不對勁。」

「每次你都這麼說，明明每個 Ex 條件都不錯，問你差甚麼呢？你又總是說不上來。」

婷婷搖頭嘆氣，對於 Mathilda 的離合已經見怪不怪了。

「你別教訓我了好嗎？好歹我也失戀了啊。」Mathilda 嗔道。

「小姐，無緣無故提分手的人是沒資格說自己失戀的。」

「其實每次我都是認真發展的，可是結果還是一樣……」Mathilda 說著忽然悲從中來：「我擔心我只能孤獨終老。」

婷婷沒好氣地道：「真的擔心的話，就不應該那麼容易便放棄一段感情，你以為那些白頭偕老的情侶，都是一拍即合嗎？誰不是將將就就地過一輩子？」

Mathilda 反應很大：「那也太可悲了吧，萬一本來世界上，每個人真有命定的 Mr. Right，可就是因為大家都將將就就地跟錯的人在一起，那麼 Mr. Right 就孤獨地等了一輩子呢？」

婷婷說：「你聽過一種說法嗎？執著於 Mr. Right 的人，其實都有戀母情意結。因為孩子和母親從一出生開始，便有著不需言語的理解和連結，孩子只須張口大哭，母親馬上就知道他到底是餓了還是要大小二便，那種兩條生命曾經被一條臍帶連繫起來的親密感，就是你口中所說的 Mr. Right。」

Mathilda 不耐煩地說：「胡說八道。言歸正傳，我想說的是，我剛剛在 Ex 遭遇了一件怪事！」

「有比你這種扭曲的愛情觀更怪嗎？」婷婷虧她道。

Mathilda 完全不搭理她：「有一個女生，她的 Ex-File 跟我完全一樣，只是交往次序有別而已！」

婷婷不以為意：「聽起來似是鬼故事的開端。」

Mathilda 繼續說：「而且她約我出來見面。」

「為甚麼？開個食評大會嗎？」

「如果毒舌會下地獄的話，你應該屬於第十九層。」

「不是最多只有十八層嗎？」

「第十九層是閻羅王專為你而設的。」

婷婷還她一個白眼：「認真的，你會赴約嗎？」

「我已經答應了。我想知道她會不會也跟我一樣，對過去每段感情都感到難以言喻的不對勁……」Mathilda 說：「說不定，她就是我的解藥。」

＊＊＊＊＊＊＊＊＊＊＊＊＊＊＊＊＊＊＊＊＊＊＊＊＊＊＊＊＊＊＊＊＊＊＊＊＊＊

Mathilda 和這位素未謀面，卻某程度上和自己有著相同人生軌跡的 Winnie 約在咖啡店見面。巧妙的是，Winnie 挑的這家店，正是 Mathilda 最喜歡的咖啡廳。

Mathilda 說：「收到你的訊息時，我嚇了一跳。」

Winnie 笑說：「我發現的時候也不可置信，怎麼可能這樣巧合呢？」

侍應來為她們點餐：「兩位要喝點甚麼嗎？」

Winnie 說：「給我一杯熱洋甘菊茶加代糖。」

Mathilda 嚷道：「別開玩笑了！我平常都是喝這個口味的！」

「事情真的愈來愈不可思議了。」Winnie 說：「到底我們還有多少相似的地方呀？」

Mathilda 急不及待地說：「這就是我今天應約的原因，如果你有看我的 Ex-File，應該知道我剛剛結束了一段感情。」

Winne 點點頭：「你一定很難過了？」

「問題就是我一點也不難過。我想知道，你會不會跟我一樣，在每一段感情中，明明對方的一切條件都符合你心目中理想的對象，可是你對他會有一種說不出的缺失感？總是懷疑他不是你命中注定的 Mr. Right ？」Mathilda 又追問道：「或者說，你相信有 Mr. Right 嗎？」

Winnie 想了想說：「你讀過艾倫狄波頓的《Essays in Love》嗎？」

Mathilda 搖頭。

「這本書說到，主角在巴黎飛往倫敦的航機上遇到女主角，兩人相遇的機率只有 989,727 分之 1 。在如此渺茫的機率下，兩人還是相遇並相愛了，他認為一定是出自命運的安排。」

「要是我的朋友婷婷就會認為，再渺茫的事情，都只是一連串巧合的結果，她從不相信命運這一套，」Mathilda 吐吐舌頭說：「她太理性了，所以感情生活很沒趣。」

「你說到重點了，理性是會殺死浪漫的。試想像一下，你愛一個人愛得非君不嫁，但事實上，你們能夠相愛，只是一個巧合而已，只要你們相遇的那個早晨，排在你前面的大叔因為找不著零錢而在咖啡店櫃台前耗著，令你遲了兩分鐘才買來咖啡，你因而沒有趕及把咖啡濺在匆忙路過的他身上，所以你們的世界不會交集，也就沒有往後的至死不渝，沒有命運這回事，沒有甚麼真命天子，當一切都是那麼不確定和可被取代時，愛情還有甚麼意思？」

Mathilda 雙眼發光：「所以你也是相信命中注定的吧？」

「是的，只是我把每一個交往對象都視作命中注定的 Mr. Right，希望能跟他走到最後。」

Winnie 苦笑：「只不過事與願違，他們都認為我愛得太多。」

Mathilda 若有所思：「我卻因為在等那個 Mr. Right，而愛得太謹慎吝嗇了。」

「看來我們都是那麼無可救藥地相信著所謂的命中注定。」

Mathilda 苦中作樂地說：「可惜我們都是女生，要不然，我想你就是我那命中注定的人。」

「為甚麼不試試？」

Mathilda 聽不明白：「試甚麼？」

Winnie 的語氣不似在開玩笑：「試試和我交往啊。我們對另一半有相同的品味，對愛情也有相同的想法。」

「還有相同的性別呀！」

Winnie 卻不覺是個問題：「難道你沒有想過，為甚麼每段感情都總覺得缺了甚麼嗎？說不定因為他們都是男生。」

Mathilda 哭笑不得：「這樣太瘋狂了。」

「既然是命中注定，又何來理性？」

在一陣沉默之後，Mathilda 開口了：「說來奇怪，從我走進 Café，然後看見你的第一秒，我心裡有一種前所未有的異樣感覺。」

「所以？」

「所以如果你能在我喝光杯中的洋甘菊茶前，給我一個理由說服我的話，我們就試著交往。」

Winnie 抗議：「你這是要我七步成詩。」

Mathilda 把唇貼著杯緣說：「快想吧，我還剩兩口而已。」

「你拿杯的手是左手。」

「那又怎樣？」

「因為我們都是左撇子，所以並肩吃飯時才不會手肘碰著手肘。」Winnie 把杯子放下：「這個理由可以嗎？」

「這是我聽過最爛的理由。」Mathilda 故意頓了頓才說：「但卻是最浪漫的藉口。」

****

在 Ex 總部的全景落地玻璃會客室裡，Vivian 正在訪問 Winnie 和 Mathilda。

「這樣看來，Ex 算是你們之間的月老了？」Vivian 在筆記簿上潦草地記下重點。

Winnie 帶笑點頭：「對呀，誰會想到用來紀錄前度的手機程式，居然會成為下一段戀情的開始呢？」

Vivian 咬著筆頭思考，然後問道：「可是你們開始得那麼倉促，現在相處下來，會有合不來的時候嗎？」

Mathilda 回想了一下：「後來當我知道 Winnie 在 Ex 工作時的確有點驚訝，但更令我難以置信的是，我們的喜好習慣都配合得沒話可說：喜歡的口味、討厭的東西、感興趣的話題，一切一切都一拍即合，情侶間的妥協和磨合對我們來說，就像從書上面讀來的恐怖故事，與我們完全無關。」

「看來你們的確是彼此命中注定的另一半呀。」Vivian 的語氣，聽不出是羨慕還是妒忌。

「所以當 Ex 宣佈從原本只限異性戀者使用，擴展到歡迎同性戀者加入時，Winnie 就提議把我們的故事傳開去，希望讓大家勇於坦承和接受不同的性向。」Mathilda 含笑望向 Winnie。

Winnie 補充：「公司知道我們的故事之後，決定推出新功能，下個更新版本將會向有兩個或以上相同 Ex 的人推送通知，讓他們可以交換戀愛心得，甚至發展出另一段關係也未嘗不可。」

Vivian 按停電話的錄音功能，「我問得差不多了，謝謝你們抽空接受訪問。」

Winnie 站起來道：「那麼 Mathilda 你先回家吧，我還要帶 Vivian 在大樓走一圈，多拍點訪問照片。」

* *

窗明几淨的會客室只剩下 Winnie 和 Vivian，她問：「怎樣？想要的 Soundbite 都錄得到嗎？」

「七七八八了，我回去整理一下，還欠甚麼的話再跟你聯絡。」Vivian 一邊執拾一邊冷冷地說：「不過話說回來，你還打算騙她多久？」

Winnie 聳聳肩：「以後再說，公司在進軍同性戀市場期間，可是容不下半點負面新聞的。」

「真搞不懂你們，為甚麼偏要做一場大龍鳳，撒這麼大的謊？」Vivian 語氣中有責備之意：「我當初提出這個故題時，不是提議你們公司隨便找兩個人來，付錢給她們再編個故事嗎？怎麼偏要扯一個無辜的人進來？」

「你沒聽過這句話嗎？最好的騙子，總是說真話。」Winnie 解釋：「我的確是和 Mathilda 有完全相同的 Ex-File，若果要偽造這個情況，牽涉的就不只兩個人了。愈多人知道底牌，那麼謊言就愈容易被拆穿。相反，現在只有我和你知道真相，那麼謎底就安全得多了。永遠記住呀，用九十九個真相來包裝一個謊言，會比謊話連篇更容易自圓其說。」

Vivian 不受她那一套：「可是剛才看見 Mathilda 說你們是如何情投意合時，那副如沐春風的樣子，不會讓你於心不忍嗎？」

「那是因為 Ex 從她的檔案中取得大量數據再交叉分析，從而計算出她的喜好和厭憎。她以為的命中注定，只不過是一堆大數據和性價比分析而已。」

Winnie 的手機通知打斷了她的話，那是由公司內聯網發出的通告，宣佈她升職的消息。

她一邊用手機處理郵件一邊說：「當你知道每段感情都可以被量化計算時，你就會明白，能夠被蒙在鼓裡，繼續相信愛情的人才是最幸福的。」

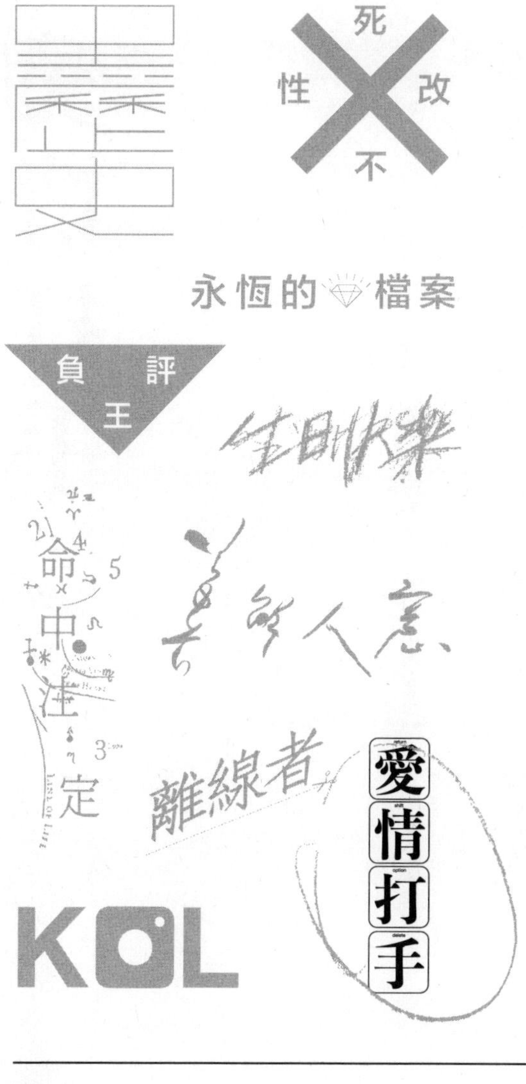

FILE 5.0

愛情打手

當 Roy 在 Ex 上收到分手通知，他不僅毫不猶豫地給予對方正評，更不假思索就寫出一連串情話綿綿的評語，其用辭精準、感情流溢，乍讀之下令人動容不已。

完成輸入之後，不單他數量龐大的 Ex-File 又添了一筆，戶口數字也悄悄跳升了幾個百分點。

他的身份是愛情打手。

Ex 面世不過短短數年，但經已成為擇偶的指標，比起面對面地接觸了解，大部分人都會選擇直接參考對方在 Ex 上的公開數據。就像求職者會聘人替自己撰寫亮麗的履歷表，求偶者也希望用各種途徑為自己的 Ex-File 漂白上色，於是便衍生出專業愛情打手這種職業。

接受客戶委托後，Roy 會制定合約，與客戶共同協定交往時間及偽造過程，簡單來說，就是如何在社交網絡平台製造各種拍拖證據，包括 Photoshop 出一系列不同時間與場景的合照、以男友身份於客戶的 Social Network 點讚留言等等，最後亦是最重要的任務，當然就是在 Ex 上給予客戶正評，以及絞盡腦汁為客戶度身撰寫深情的評語。

由於 Ex 採取實名登記，Roy 每次只可接洽一個客戶，所以收費亦比一般的網絡打手高出不少。可是在 Ex 成為了戀愛的參考標準之後，這還是一門有價有市的生意。

「專業愛情打手，承包拍拖證據、編製交往過程，於 Ex 提供正評與高質素評語，保證度身訂造，價錢合理，提供免息分期收費，歡迎女士查詢。」

在確認收到客戶尾款之後，Roy 便以太空卡發短訊 cold call，尋找下一個「交往對象」，沒想到收到的第一個回覆，竟是四個字：

「同行，勿擾。」

Roy 第一次在 cold call 時遇上行家，縱是同行，但既然對方是個女生，也就是說雙方的業務對象不一，本可直接跳過，無須理會。可是 Roy 出於好奇，決定在 Ex 上找出這個女生，看看她的工作表現。

自從 Ex 冒起之後，Roy 每天的工作就是於社交平台與客戶偽裝相戀，將放閃合照、綿綿情話經營出售。他寫過多不勝數的甜言蜜語，編造過數以百計的愛情假象，日復一日地賣力經營，透過 Ex 賺得不少酬勞，卻漸漸丟失了對愛情的憧憬，甚至因為長期販賣感情，而對人際溝通感到厭倦。以前交往過的幾個女生，都嫌棄他像個木頭人，沒有人明白他早已把情話寫盡。

直至他發現這個叫阿蚊的女生，看到她所寫的分手評語行文流暢感情真摯，他心裡有一塊繭悄悄剝落了。沒有太多的思量，他就拿起電話回覆了她。

「不妨交流一下心得。」

阿蚊比他更惜字如金：「例如？」

「工作流程、收費標準，經營方針、未來發展。」

「為甚麼？」阿蚊依然簡短。

Roy拿著電話打了又刪，刪了又打，最後只傳了一句：

「因為只有我明白你。」

由於Ex嚴打造假，因此兩人在真實生活中一直隱藏打手身份，難得有個可以暢所欲言的對象，他們就這樣隔著手機不斷互傳訊息。由試探到交心，從工作聊到自己，他們肆意嘲笑愛情，咒罵這個世界的偽善，偶爾在失眠的夜晚，會交換一些本已遺忘的童年，還有瑣碎的成長歲月。

在聊了數百個小時，為對方敲下數以萬計的文字之後，他們不想再相隔著一堆電子零件，於是在某個晴朗的午後，他們決定在真實世界見面。

來到約定的地點，沒有慣常的一紙合同，沒有業務用的甜言蜜語，他們之間甚至不曾說過一個愛字，彷彿是與生俱來的本能，兩個人只需交換一個眼神，就像兩塊北極和南極的磁鐵牢牢相吸。

街上路人行色匆匆，馬路上的車龍擠得水洩不通，摩天大樓的電視外牆播放著重重複複的廣告，地盤施工的音量震耳欲聾，城市的流動擾攘而紛亂，每個人都在講話，卻沒有人停下來聆聽大家。

阿蚊拿出手機，分了一個耳筒給 Roy，音符為他們與世界之間築起了一道透明屏障，他們牽手散步，他們在等待綠燈時擁抱，他們保持沉默，直到約會結束。

旁人看到他們不發一言，以為他們的關係已經走到盡頭了，然而只有他們記得，在 Ex 還未面世之前，人們在愛情裡尋尋覓覓，兜兜轉轉，都只不過為了找到一個既可以無話不談，也可以無須說話的伴侶。

來到 Ex 大行其道的今日，人人賣力炫耀戀情，聲嘶力竭地咒罵前度，也許沉默，是讓感情滋長的最佳方式。

在喧囂的城市，他們失去了談情說愛的語言，卻沒有失去愛人的能力。

黑歷史

死性不改

永恆的💎檔案

負評王

生日快樂

命中注定

善解人意

離線者

愛情打手

KOL

FILE 6.0

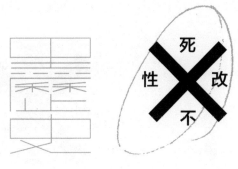

FILE 6.0

死性不改

Ex 的純白色介面上，顯示出兩道冷冰冰的問題。

您確認要與 Alex 分手嗎？

「是」

你對 Alex 的評語：

「N/A」

Angela 放低手上的手機，一股腦地撲在床上，埋頭在枕頭裡。

「今次一定要跟你分手。一定要。」Angela 心想。

然後一不留神，Angela 走入了夢鄉。她看見 Alex 第一次約會她時的模樣。那時候的 Alex，不會發脾氣，不會冷待自己，簡直是來自虛構故事的完美情人。為甚麼現在他會變成這樣？每個戀人都會變嗎？她想。

「鈴」一聲電話聲，震碎了這個夢世界。

Angela 醒過來，側身看看手機畫面。是 Ex 裡來自 Alex 的交往邀請。Angela 哼了一聲，轉身不理會。

然後，一小時過去。她跟 Alex 在 Ex 上，重新成為戀人了。

第 113 次復合。

咖啡廳裡，Angela 與 Jenny 坐在一角。Angela 若無其事地喝了一口咖啡，而她對面的好友

Jenny 則一臉難看又似是習以為常的模樣。

「甚麼？又分不成手？」Jenny 略為激動地問，又像是早就猜到這種結果。

「不是分不成手，是分手後又復合。」Angela 答。

「有分別嗎？」Jenny 冷笑道。

「怎會沒有！」

「那麼分別在哪裡？」

Angela 想了一想，說：「呃……嗯，『分不成手』是指我捨不得他，所以沒提出分手；『分手後又復合』是指我狠心撇掉他後，他來求我復合。分別可大了。」

Jenny 聽畢，忍不住哈哈大笑：「哈，你還好意思說出來又不臉紅。」

然後她拿起餐桌上的手機，打開 Ex，點進 Angela 的用戶頁面，打開交往紀錄一頁。

一整頁都是 Alex 的名字和空白的評語。

「你看。」Jenny 把手機畫面遞到 Angela 面前。

「甚麼？是我的帳號啊。」Angela 不解地看著螢幕。

「我叫你看這個紀錄！112 個前度男友，全部都是 Alex 一個人！你神經病嗎？我都未見過有人的 Ex-File 是這個模樣！」

「那……他……」

「你不是說，這些年來已經忍夠了他嗎？為何不乾脆一點跟他分手，然後找個新的男人？有那麼困難嗎？」Jenny 一鼓作氣，愈說愈激動。

Angela 眼神游離到桌面上，說：「下次。等下次吧。下次他再呼喝我，或者發脾氣，或者……」

Jenny 幾乎反了白眼，說：「『我就狠狠甩掉他。』天啊，我快懂得倒過來背了：『他掉甩狠狠就我』……」

「鈴鈴……」Angela 的電話響起，來電人是 Alex。

「聽電話吧，人家找你去『把他甩掉啊』。」Jenny 看了一下 Angela 的手機，笑說。

「閉嘴！三八！」Angela 笑罵，然後看著電話。她猶豫在接與不接的時間，從來沒有超過三秒。

「喂？」

* * *

在某個最熱門的討論區上，出現了一個標題為「史上分手最多次情侶」的帖子。裡面的網民正熱烈地討論著一件事——Angela 的 Ex 交往紀錄上全版都是 Alex 的名字。

「哇，百幾次，真瘋狂。」

「還要是同一個人！？」

「這妞很正？不然怎會『翻啅』一百次？」

「看頭像，應該是 P 圖。」

「男的也不帥啊。」

「上次分手還是昨日的事，現在又交往了！神經病。」

討論區的文字，就如病毒一樣無限繁殖、迅速擴散。從來沒有人能阻止這回事。

* *

Alex 的家門緩緩打開，Angela 目無表情地走進來，關門然後脫鞋，一眼就看見坐在客廳沙發上的 Alex 手執遊戲機手掣，定神看著大電視的遊戲畫面。他只瞄了 Angela 一眼，然後一邊打機一邊說：

「那麼遲啊！」

「剛才跟 Jenny 下午茶。」Angela 一邊放低手袋一邊答。

「又是那個三八。」

「你別再這樣叫她。」

「你不是都這樣叫她嗎？」

「我都不是認真！」Angela 聽見自己的朋友被冒犯，心頭又有一點激動。

「我也不是認真叫那個三八做三八啊。哈哈。」Alex 天真地笑說，話裡的情感卻毫無笑意。

「對，你就是做任何事都不認真。」Angela 差一點把心中的這句話衝口而出。然而那份純熟的忍耐力，把引發衝突的鎖匙又吞回肚裡去。

「你突然叫我上來幹甚麼啦？」Angela 問。

「想見你嘛……你等等，多等我一會！」

Alex 就這樣繼續投入到槍戰的世界裡，把 Angela 丟在家中一角無限期的等待。Angela 撥撥手機，看看螢幕上虛構的槍林彈雨，最後看著 Alex 的側面。一直看一直看，一小時，兩小時，一直看一直看。

「喂，我肚餓了。」Angela 縮在沙發的另一角，抱著肚子問。

「等等！還未行……」Alex 答，眼神沒有離開過電視螢幕。

「我自己下去吃晚飯好了。」

「不！一起吃吧……你等等我……」

當 Alex 關上遊戲機的時候，已經是晚上十時了。

「寶貝！」Alex 撲向 Angela 說。

「可以吃飯了嗎？」Angela 目無表情地答。

「好呀，廚房有即食麵，你去煮兩個吧。」Alex 說罷，打了一個呵欠，打算去廁所。

Angela 聽畢，心裡一陣無名火起。

「甚麼？即食麵？你突然叫我上來，讓我等你那麼久，就是為了幫你煮即食麵？」Angela 問。

「不是，不只是煮麵啦。」

「那到底是為了甚麼？」

「我見你很久沒上來過夜了，所以才叫你上來。」

「過夜？就這樣？」

Angela 從 Alex 的眼神中看出了他的最終意圖。人類最原始的慾望。她不是沒想過原因只有這樣，也不是不習慣這種失望。只是，就算再習慣也好，她每次看見 Alex 以這個嘴臉說出這些話，心裡的那種傷害總是歷久不衰。

「好了好了，讓我先去廁所吧，急死了！」Alex 說，沒等 Angela 回應，就衝進廁所去小解。

Angela 盯著廁所門，聽見水聲漸響，一陣煩厭湧上心頭。她有想過現在就立即拿起手袋，大力打開家門離開。

「今晚一定要跟你分手。一定要。」Angela 心想。

當然，以上的情節僅存在於想像。當晚她還是留了下來，任由 Alex 做他想做的事。

然後，又當然，隔天 Angela 再次打開那個熟識的手機程式介面，按下那個熟識的按鍵。

您確認要與 Alex 分手嗎？

「是」

你對 Alex 的評語：

「去死」

隔天下午，在街上的 Angela 突然收到 Jenny 的一個訊息。裡面附上了一個網站連結。

Angela 不明所以。

Jenny：「喂！你看！」

Angela：「甚麼來的？」

Jenny：「你快看！你被放上討論區了！」

Angela：「甚麼！？」

Angela 大吃一驚，趕緊停下腳步，靠在路的一邊把連結打開。進入眼簾的首先是名為「史上分手最多次情侶」的標題，然後是自己的 Ex 交友紀錄介面截圖，接著是數以千計的留言。

「最新狀態：他們今早又分手了」

「比泡菜劇好看」

「我開始懷疑他們是分身來的，用來刷數字。」

「刷來趕甚麼？可以炒賣嗎？」

「搏上位？」

在留言的內容裡，Angela 和 Alex 的照片，不論個人照、合照、跟朋友遊樂的隨拍，紛紛被人起底然後貼到討論區去。Angela 震驚得無法哼出半句話。看著每張熟眼的臉孔，被無數陌生的網民評頭品足，除了心跳快得快要跳破胸口之外，還霎時覺得身邊出現一雙雙凝視自己的眼睛。

在街上的 Angela 拔足就跑，跑回家裡，一直逃。

在家裡的 Angela 鼓起勇氣，向另一個事主 Alex 傳訊息。

Angela：「喂！糟了！」

Alex：「我知道了。人人也傳過來。」

Alex 回覆得很快。似是早有預備。

Angela：「唉，怎麼辦？」

Alex：「都叫你不要老是分手分手！現在好了，讓我變成全人類的笑柄！」

Angela：「我怎知道會變成這樣……」

Alex：「最慘是 Ex 不能讓我刪除帳戶！甚麼紀錄永久保存，到底是哪個智障想出來的？」

Angela：「那我們怎麼辦好？」

Alex：「不要不斷問我，我也不知道呀！希望他們隔幾天就忘記了我們吧。唉，煩死。對了，你先重新確認交往邀請吧。拜託別再亂搞了。就這樣。」

Alex 就這樣下線了。Angela 隔著電話也能感受到 Alex 這次的憤怒。

Angela 默默地看著 Alex 再次發送過來的交往邀請，心裡想過是不是趁這個機會，乾脆不按確定鍵，跟他就這樣分手？

不過她猶豫在按與不按的時間，從來沒有超過三秒。

Angela 和 Alex 一直等待網上的輿論會自己消逝，然而媒體難得在無數沉悶的愛情故事裡，找到一份如此搶眼的劇本，又怎會輕易放過他們二人？討論區的帖子和專頁的借題發揮不斷被推送，例如以「破紀錄！分手一百次的情侶」、「現代愛情易分離？網上熱傳無限復活的情侶」等等為題的報道，或者社交媒體製作大量的「抽水圖」再配以「＃何必跟我我這種無賴＃死心塌地＃真人真事」之類的標籤，讓二人繼續成為人們茶餘飯後的娛樂話題。

在推卻無數個採訪的請求後，Angela 和 Alex 終於找到一點空間和勇氣，今日到街上見一見面。二人沒說甚麼閒話，單刀直入地討論這次的事。

「唉，現在做甚麼都好，我都覺得有人在看著自己。」Alex 戴著太陽眼鏡道，不時偷偷張望四周。

「我卻開始有點習慣了。由他們看過飽吧。」Angela 冷冷地說。

「唉。都是你。」

「甚麼？」Angela難以置信地問。

「不是嗎？那分手一百幾十次的紀錄，是你按出來的呀。」Alex不滿道。

「怪我？你大可以不再傳交往邀請過來的，是我逼你復合的嗎？」Angela停了步，望著Alex說。

「不是這個意思啦，事實我們根本沒分過手，都是你在發小姐脾氣而已。」

「好啊，那現在真的分手吧！」Angela高呼一聲，一怒之下拿出手機，又再在Ex裡按了「分手」選項。而二人逐漸響亮的對話，開始引來了途人的注目。

「啊？不就是那對『破百情侶』嗎？」

「哈哈！又鬧分手了嗎？」

「Alex 快點追回別人吧！我們等著你們分夠二百次！」

某些人除了叫囂，還拿手機拍下他們。Alex 見狀，立即尷尬地靠近 Angela，說：「殊，別這麼大聲吧，其他人都看過來了！」

Angela 一言不發，盯著旁邊某個不關事的盆栽。

「Alex！吻她吧！吻她！」某途人高呼。

「好了，我錯了好不好，我們先走了再講吧。」Alex 拉一拉 Angela 的手，卻被她一手撥開。

「半分鐘前開始，不再是你的女朋友。不要碰我。」Angela 只盯著前方。

Alex 無可奈何地拿手機，重新傳送一次交往邀請給 Angela。

「可以了吧？我們快點走吧。好嗎？OK？」

Angela 再靜了幾秒，慢慢打開手機，接受了邀請。

「好了，走吧走吧。」Alex 拖著 Angela，快步離開了人群的凝視。

Angela 瞄到 Alex 恍如輸家的難看表情，心裡泛起一陣勝利的快感。她想起自己在這段關係裡，除了最初的日子之外，她幾乎沒有得過重視的感覺。即使 Angela 在 Ex 裡提出分手一百次、一萬次又如何？低聲下氣的角色，永遠都是由她一人擔當；而 Alex 只需要保持著愛理不理的嬉皮笑臉，最後自動就能贏得 Angela 的一切。

Alex 不在乎，Angela 到頭來亦無從介意。

可是，現在的 Angela 從 Alex 的臉上、從途人們的目光中，似乎感受到前所未有的重視。

「好像也不錯。」Angela 不察覺自己心裡閃現過這樣的一句。

她也不察覺 Alex 的內在，同時醞釀了另一種聲音。

兩天過去，Alex 一如以往的某些日子般失去了蹤影。Angela 發了幾個沒有意義的訊息去打探他的行蹤，然而他這次，連平日那些沒心機的單字回覆都沒有一個。

Angela 再次打開 Ex，按下「分手」的按鍵。

您確認要與 Alex 分手嗎？

「是」

你對 Alex 的評語：

「找我」

Angela 放下手機，躺在床上抱著枕頭，手指頻頻滑動手機畫面，看看討論區有沒有人留意到他們又再分手了，看看網民會不會又在逼使 Alex 認錯，為他提供幾個哄回自己的方法。她不知道自己是否已淪落到，只能靠這種方法去尋求被愛的可能。她只是想 Alex 能理睬自己多一點而已。

與她預期不同的是，原來網上談及他們的聲音已經減少至寥寥可數。

「那麼快嗎？」Angela 心想，危機感在心裡愈來愈濃烈。

於是她打開通訊程式，主動向 Alex 傳短訊。

Angela：「你到底去了哪裡？」

「喂。」

「喂！應我啊！」

Alex：「夠了。」

終於，Alex 冷冷地回覆了這兩個字。

Angela：「甚麼夠了？」

「你這是甚麼意思？」

「為甚麼不傳交往邀請過來？」

Alex：「你不是說，不用再傳交往邀請過來的嗎？我不會再傳了。以後都不會。」

一陣恐懼感襲向 Angela 的心頭。

Angela：「我何時有這樣說！？」

「喂！」

「上次我嚇嚇你而已！」

「喂！」

「不要嚇我……」

「Alex……」

Alex：「煩死人了。這幾年來雖然煩，但未至於會煩成這樣子。你是心理變態嗎？」

Angela：「……」

Alex：「算了。我們分手吧。」

Angela：「不要。不要這樣。」

「你是說笑吧？就像平日一樣……」

「喂，Alex……」

你的訊息無法發送

Angela：「喂……」

你的訊息無法發送

Angela：「你封鎖了我嗎？」

你的訊息無法發送

Angela：「對不起……我以後不會再分手了……我根本沒想過真的要分手，我不能沒有你……對不起啊……我以後不敢了。」

你的訊息無法發送

Angela：「求求你……」

你的訊息無法發送

Angela：「求求你……」

你的訊息無法發送

黑歷史

死性不改

永恆的檔案

負評王

生日快樂

善解人意

命中注定

離線者

愛情打手

KOL

FILE 7.0

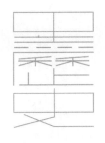

FILE 7.0

離線者

餐廳裡人來人往，顯得坐在這裡的 Ben 和 Sandy 就像靜止一樣。想必他們正處於一個尷尬的情景裡。

「對不起，我們……可以做朋友。做朋友也很好啊。」Sandy 一臉尷尬道，只好逃去喝一口已溶冰的凍檸茶。

「……對，做朋友也很好。但我可以知道原因嗎？」Ben 真誠地問。

「其實你很好的。人很溫柔，對人又細心，懂的事情又多，說的話又有趣……」

「哈，但我想知道拒絕我的原因啊？」

Sandy 有點難以啟齒，磨蹭了片刻，最後還是說了。

「因為……你沒有用智能手機……」

Ben 無言。

「連任何社交網站都不會上。很多時候，我們沒辦法好好溝通啊。沒有親身見面的時候，你就像人間蒸發了，感覺那個間距很漫長。」Sandy 一臉無奈。

「……我想最重要是，我沒有用 Ex 吧？所以你無法判斷值不值得跟我談戀愛。」Ben 以早已明白原因和可惜的表情說道。

Sandy 沒有再說甚麼，只是報以一個極尷尬的微笑，然後用力去吸乾透的水杯。

而 Ben 完全沒感到意外。因為這已經是他第七次聽到的拒絕原因。

書房裡，Ben 坐在那台舊電腦前，正為著明天要交的稿件埋頭苦幹。他打了好一段字，想了一想，然後又整段刪除掉。作為一個文化評論人，Ben 深感自己已再寫不出甚麼深刻有力的想法了。因為他知道自己確實被時代沖到後頭的角落。

「鈴鈴鈴……」編輯來電。那鈴聲聽起來，充滿催稿的節奏。

「喂，Ben。」編輯語氣趕急地說。

「是是是，我在寫了，快完成。」Ben 未等編輯說出問題，自己已經搶先作答。

「還欠多少？明天要發佈到網頁了，我們還要點時間校對啊。」

「還欠一點。一點點而已。校對那方面不用擔心吧，錯了的地方，就立即在網頁修改好了。現在又不是那個印刷的年代，印了就回不了頭。」Ben 一邊打字一邊回答。

「你還好意思說啊？你卻要我像印刷的年代般，打電話來催稿。你何時才肯買部新手機，用通訊程式跟人聯絡？打電話好煩啊，你的聲音又不好聽。」編輯埋怨道。

「打電話有甚麼不好？為甚麼老是要人用程式對話？老是要在社交網站上交流？老是要人

24 小時都在跟人接觸？跟人社交？沒有這些東西就無法溝通嗎？還有那個甚麼 Ex，它憑甚麼永久記錄我的情史？為甚麼要靠它來評價我？為甚麼要用過去否定我的將來？」Ben 一股腦地說了一堆忍耐已久的心聲。

編輯靜靜地聽完，只問了一句：「……喂，Ben，你又被甩了，對不對？」

Ben 又再無言。

「對不對？」

「你別問了……沒開始，不算甩。」Ben 尷尬地回答。

「哈哈！你就不能讓一步，開個戶口而已，你大可以不使用啊。」

「無聊！意義在哪？我是不會妥協的。」

「意義就在幫你脫離單身呀。唉，總之你現在快點交稿就好。對了對了，我們出版社在星期日搞了個讀書會，想邀請你參加和分享一點文化批評的東西。下午三時，有空嗎？」

Ben 打開手上的行事曆，說：「讓我看看……應該可以的。」

「說不定能認識到適合你的文青女孩啊。」編輯笑道。

Ben 幾乎想立即掛線。

在位於旺區的樓上畫室內，正有十數人圍著坐成一圈進行讀書會，當中包括 Ben 和他的編輯。這時候 Ben 剛好分享完他喜歡的著作，米蘭昆德拉的《緩慢》。眾人鼓掌。

編輯接過咪高峰，向在場人士說：「多謝 Ben 的分享！現在的時間，大家可以自由地交流一下。」

Ben 喝一口茶，再次偷望坐在那邊的一個女生。

他深信世上並沒有甚麼日久生情。愛情往往就在二人尚未正式接觸的前一刻發生。一個眼神，或者一個表情，早已注定你會絕對愛上或不愛某個人。

在讀書會一開始，他已經看見自己愛上這個女生的未來。

「你好呀，Ben 先生。」

而令 Ben 驚訝的是，在 Ben 分享的時候，那個女生竟然主動來找他聊天。

「你好。你是……？」Ben 強作鎮定，問。

「我叫 Bella。你剛才說的東西好有趣啊。」

「哈哈，是嗎？我還以為會讓人覺得過時又偏激。」

「怎會！我可聽得入神了。」Bella 說的時候眼睛彷彿在發亮。

「我看見啊。不過我也看見，其他人聽到一半就開始玩手機了，就只有你一個在聽。」

Ben 苦笑道，同時亦知道，大概就是那一個畫面，Bella 在云云的低頭之中那個專心看著 Ben 的表情，讓他不小心被迷魂了。

「你不會是因為手機沒電才沒玩吧？哈哈。」Ben 開玩笑地問。

「不是啦。我的手機沒東西好玩。我是真心在聽你說話的。」

「沒東西好玩？」

「你不要笑我啊，我還在用這種手機。」

Bella 拿出一部舊的功能手機，剛巧跟 Ben 的是同款。Ben 吃了一驚，彷彿看見某條他人無法看見的線。

「很奇怪吧？」Bella 問。

「不，不是。你為甚麼用這種舊手機呢？」Ben 反問。

「因為我覺得老是靠通訊程式、社交網站交流好奇怪啊，其他人好像沒有它們就無法溝通似的，太奇怪了。而且我不想 24 小時都跟人在接觸呀。哈哈，你一定覺得我才是奇怪的人吧？」

「天……」Ben 呆了一下，心裡不禁出現這個字。

那條線愈來愈明顯。是紅色的。

「那麼……Ex 呢？那個戀愛程式，現在幾乎每個人都有一個帳戶。你都沒玩嗎？」Ben 再問。

「沒有呀。沒戀愛過的人也用不著它。」Bella 苦笑道。

「噢，天……」Ben 心裡再嘆。

這是有弦外之音嗎？Bella 說的時候一臉尷尬，有可能是刻意告訴 Ben 嗎？Ben 現在來不及細想，滿腦子只剩下對她的讚嘆。

「天啊，是你了。」

Ben 這時沒有將心裡的這句說出口，不過在六十天之後，就在他向 Bella 表白的那一晚，相同的這一句話，成為了他們這段戀情的確認印章。

五年過去了。

某智能手機的旗艦機已經換了四代新型號，Ex 的版面亦更新了無數次。不過以上的轉變，完全沒有進入過 Ben 和 Bella 的生活裡。他們仍然不用智能手機、不用通訊程式、不上社交網站、更別說安裝 Ex——

對他們而言，現在的世界裡只剩下他們自己二人，而這樣也是最足夠的事。現在無論在別人的眼裡，還是他們自己也認為，他們必定是對方的命中注定了。還能有誰比對方更適合他們？

本該是這樣的。

「嗨，Ben？」

「……嗨，Tiffany，好久不見了。」

就在 Ben 和 Bella 在大街上逛的時候，碰見一個叫 Tiffany 的女生。只需要幾秒，Bella 從他們的表情，就看出了他們背後複雜的內心戲和關係。

「怎麼會來這區逛？不像你啊。」Tiffany 笑問。

「是嗎……哈哈，還住在附近嗎？」

「一早搬走了啦。碰巧今日去探媽媽。這位是？」

Tiffany 一問之下，Ben 才回過神來，想起 Bella 就在身旁。

「忘了介紹，對不起……這位是 Bella。Bella，這位是 Tiffany。」Ben 介紹的時候，Bella 隱約感到他語氣中的尷尬。

「你好啊，Bella。」Tiffany 笑著輕輕揮手，打了一個招呼。

「你好。」Bella 也強擠出一個笑臉回應。

即使同為女性，在 Bella 眼中的 Tiffany 無論外形、聲線和舉止，都是一個無懈可擊的優雅大美人，完全沒有可以貶低的空間。Bella 這種無法不認輸的念頭，在見面的半分鐘後就已經萌芽，然後轉化成有如槍頭的刺。它沒有刺向完美的 Tiffany，卻指向了她身旁那個不太尋常的 Ben。

「伯母可好嗎？」Ben 問 Tiffany。

「還好吧，哈哈，仍有氣罵我。」Tiffany 笑道。

Ben 也伴隨她而笑了。這個像有密碼的畫面，映進了 Bella 的眼裡。

「好了，不阻你們了。有空再約吧！」Tiffany 跟 Ben 說。

「好的。再見。」Ben 道別的時候，帶有一種難以形容的神情。至少 Bella 這樣認為。

「再見。再見 Bella。」Tiffany 轉頭向 Bella 禮貌地說。

「再見。」Bella 報以一個若真若假的笑容。

Tiffany 終於消失於街角裡。Ben 重新牽起 Bella 的手繼續上路，說：「我們繼續找那間書店吧。」

「嗯……唏，Tiffany 是你的誰啊？」

「甚麼我的誰？」

「是前度嗎？」

Ben 望向 Bella，只見她的眼神夾雜著酸溜溜的好奇，所以很快又下意識地回避了她的眼神，反問：「為甚麼突然這樣問……」

「即是是吧。為甚麼沒聽你講過她？」

「有甚麼好說的。別講她了。」

「……她好漂亮啊。」Bella 盯著地面，小聲說了一句。

「唏，別講她了。」

然後，那天 Bella 一直很安靜。就像風暴前的蔚藍天。

玻璃碎裂的原因，可以只是一道極細小的裂紋。愛情關係亦然。一點莫名其妙的雜質，足以將感情世界的一切瓦解。

就像 Bella 看見 Tiffany 的那刻，也就像 Ben 看見 Bella 買了一部新的智能手機的時候。

「為甚麼突然換電話了？」Ben 驚訝的問。

「沒甚麼啊，想換就換。」Bella 回答的時候，甚至沒有望 Ben 一眼，只管看著螢幕一直按。

「你不是一直都說不會用智能手機的嗎？」

「總不能跟世界完全脫節吧……」

Ben 感到難以置信。

「難道她有東西瞞著自己？」這個念頭不斷在 Ben 的腦袋裡打轉，同時 Bella 多年來完美的形象亦好像逐漸模糊。

後來，滿心猜疑的 Ben 在搜尋器一輸入 Bella 的名字，就見到 Bella 在 Ex 登記的新帳號。雖然需要手機版程式才能進入頁面看詳細資料，不過 Bella 的中文姓名是三個本地很少見的字，這個中文字組合和英文名，Ben 認為很大機會就是她。

他只能在見面時，一五一十問個清楚。

這天，Ben 和 Bella 在家裡閒著。Ben 正在讀書，Bella 則縮在沙發上滑手機。Ben 看見這個情況，又想起了 Ex 的事，心想這大概是適合的時候了。

「Bella，為甚麼開了個 Ex 的帳號？」Ben 鼓起勇氣問道。

Bella 愕了一下，反問：「……你怎知道的？」

「我雖然不用社交程式，但我的工作也需要上網……到底為甚麼？還有你的新手機是？你……你是不是……在外面有甚麼……？然後現在打算將我寫入你的前度記錄裡？」Ben 盡力含糊地表達他的猜疑，可是只要聽懂背後的意思，含糊與否根本無減傷害。

所以當 Bella 聽見 Ben 話中有話，她激動地在沙發上跳了起來，說：「你說甚麼呀！神經病！」

「你不解釋清楚的話，我無法不這樣去想。」

Bella 聽畢沒有回答，只看著地下。

「拜託，告訴我好不好？我不想再胡思亂想。拜託……」Ben 以哀求的語氣追問。

「我想看你的 Ex-File。」Bella 終於開口，說出一個 Ben 不明所以的答案。

「甚麼？我沒有這種東西呀！」Ben 大感不解。

「我知道，但你有前度呀。你為甚麼都沒有跟我說過她的事？」

「這……」

「你是有甚麼東西一直瞞著我嗎？」這次是 Bella 鼓起勇氣說出心中的猜疑。

「沒有呀！」Ben 不知如何去表達心中的冤枉，只能大聲否認。

「我不能停止這種想法，我後來想，可能你其實是有 Ex-File 而沒告訴我。所以我打算自己去查清楚。要看一個人的 Ex-File，必須要用手機版程式登記帳號再登入。我又不熟識你的朋友，我又沒有信得過的朋友幫我，所以我只能自己買部新的手機，自己登記自己查……」Bella 低頭訴說。

Ben 難以理解，一邊摸著額頭，一邊努力去了解現在到底發生甚麼事，問：「天……你就不能問我嗎？為甚麼要搞那麼多？」

「我有問過呀，你都不會講。」Bella 一臉委屈地看著 Ben，使他不禁再一次避開她的視線。

「那你查到甚麼了？」

「……甚麼都沒查到。」

「都說我沒有東西瞞你！」Ben 再高呼出心中的無辜。

「那不是很奇怪嗎？在這個年代戀愛過，居然沒有任何紀錄留下來？不是很令人覺得奇怪嗎？」Bella 反問。

「奇怪的是你吧？我們不是一直都這樣過嗎？當初不是你自己說，用這些東西的人才是奇怪嗎？怎麼現在所有東西倒過來說了？還是你在外面發生了甚麼事？」

「神經病！」

二人從來未試過像這樣爭執，這樣懷疑過對方。Bella 很快就紅了雙眼。

「我就是無法不去想像你和那個 Tiffany 的事！好辛苦！」Bella 幾乎要聲嘶力竭地把心裡的鬱悶全部都吼出來。

「要是我告訴你之後，你又能以後不再想嗎？為甚麼要讓那些過去的事影響我們的現在？為甚麼要像其他人一樣，用過去的紀錄束縛自己？」Ben 見狀，試圖以理性去說服 Bella。

「別用這種講理論的語氣跟我說話！」Bella 大叫。

Ben 聽畢，愕了一下。

「……哈，你不是一直都喜歡聽嗎？」Ben 冷冷地問。

「……我現在不想聽。」Bella 冷冷地答。

於是，二人突如其來地停止了這場爭執。

過了一會，二人帶著遍體鱗傷的內在，靜靜地各自坐在一旁。

那晚 Bella 沒有走，可是二人睡在床上時，同時感到某些無可挽回的東西，已經不小心被對方弄斷了。

就像無數真實的愛情故事，終結的到來，總是毫無預警。

Ben 和 Bella 不久後就分手了。

他們之後沒有再戲劇性地吵架，同時也沒有再發生任何事。兩人逐漸疏遠，然後關係就突然在某天完結了。Ben 甚至想不起最後一次見 Bella 時，她最後的一個表情是甚麼。

很多年之後，Ben 的舊手機終於壞掉了。他找不到哪裡還會賣舊款功能手機，所以只能妥協買了一部智能手機回家。

那一晚，Ben 看著新手機彈出 Ex 的廣告，觸動了一條從未被觸動的神經。

他安裝了 Ex。

因為是用實名制度登記，用戶在登記前獲得的評價，會自動被伺服器保留起。待那個人登記後，系統就會將過去的評價自動傳送給他。

而如 Ben 所願，他沒有收到 Tiffany 對他的評價，原來他也毫不在乎。

他只得到 Bella 多年前給他的一個評價。

他強忍多年的眼淚，也終於隨著這句話釋放。

評價：

「謝謝你，像跟我上了一課。」

黑歷史

死性不改

永恆的 檔案

負評王

生日快樂

善解人意

命中注定

離線者

愛情打手

KOL

FILE 8.0

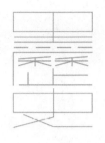

FILE 8.0

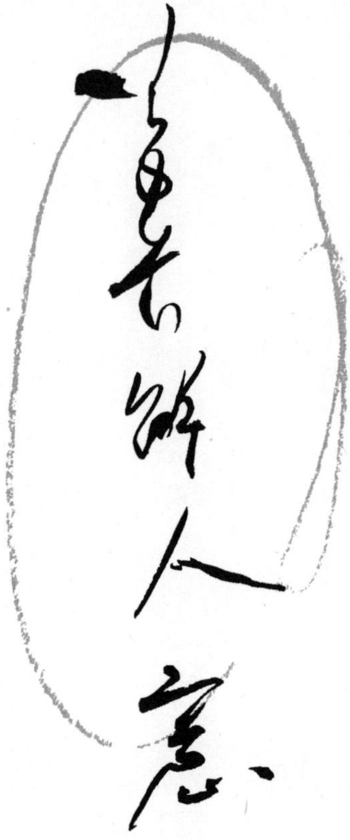

……
開始記錄。
這是一個值得參考的個案。
你準備好按下「同意」，然後觀看？
準備好了？

最近用戶登入 Ex 程式，都會看見這則廣告：

無須再為尋找真命天子而奔波勞碌

無須再為過去戀情失敗而自信低落

EX 全新功能「智能情侶配對」正式推出！

EX 會利用每位用戶的 Ex-File 作出科學分析，並搜尋出最合適的兩位用戶作配對。

每對「智能情侶配對」用戶，都會在性格、外形、興趣、工作等各方面，擁有最高數值的合適度。

背後的人工智能系統，更會不斷分析、學習和更新系統，讓配對的成功率持續上升。

立即點擊嘗試 EX「智能情侶配對」！

Carmen 洗好一個澡，坐在沙發上，無聊地看著社交媒體裡的吃喝玩樂照，忽然看到廣告宣傳著這個 Ex 的智能情侶配對功能。從未試過、亦不曾想試用交友程式找男人的她，也許因為剛失戀不久的關係，竟然也對這個功能產生了好奇心。

她打開 Ex 程式，點擊進去。進入眼簾的是一大篇永遠沒有人認真讀的「私隱授權頁」。

「哇，那麼長篇，誰會全部讀完啊？」不用一秒，Carmen 便按下「確定」。

「正在分析您的 Ex-File，請稍等……」

「已完成分析，請按下一步」

Carmen 的心跳開始加速起來。「到底會配對到一個怎樣的男生呢？」她想。Ex 很快便彈出一個名叫 Chris 的用戶個人資料介面，從個人照看，可以看見一個身穿黑色 T-shirt、外形相當俊俏的年輕男子。

「噢，長得不錯啊。」這是 Carmen 心裡的第一個反應。

「現在正在連接對方……」

「甚麼！？」

來不及準備，Carmen 已經被連接到 Chris 的即時聊天介面。

「Chris 上線中」

Chris：「你好。我想說……你個人照裡面那件 Oasis 的絕版 T-shirt，我也有啊！」

Carmen：「你也有？真的嗎？」

Chris：「你點我的頭像，放大看，看仔細一點。」

Carmen 點開 Chris 的個人照再放大，果然他正身穿一件 Oasis 的絕版 T-shirt。Carmen 喜出望外，因為難得找到知音人而格外興奮。

Carmen：「天！真是啊！你也有看 09 年演唱會嗎？」

Chris：「怎能不看？那次之後，他們就解散了耶！」

Carmen：「OMGGGGG」

Carmen 從來未遇過另一個人，同樣擁有當年 Oasis 來到這個城市巡演時，推出的限量特別版 T-shirt。同一款顏色，同一種殘舊的感覺。

其實這可能只是一件很平常的事，但愛情的觸發點，往往都是這些極其無聊的巧合和偶爾相似，然後一切被歸究到命運女神的慈悲上。

噢，不，今次 Carmen 感激的對象，可不是命運女神。

Carmen：「真厲害呢，Ex。」

不用客氣。

一如廣告所言，Carmen 和 Chris 不論在性格、外形、興趣、工作方面，甚至連居住地的距離、家人相處的融洽度，都合適得幾乎無可挑剔。在旁人眼中，二人就像上帝在計算過後所創造出來，世上兩塊僅有的拼圖。

他們很快就找了一個單位同居，放工後準時同步回家享受二人世界，假日又會一同去觀賞不同樂隊的表演。

如是者過了好一段時間。

對，你想的沒有錯。劇情發展總是這樣。

Carmen 和 Stefanie 在健身房內兩部相鄰的跑步機上拼命跑著。Stefanie 一邊撥動放在跑步機上的電話，忽然說：「喂喂，你有沒有看新聞？」

「沒有呀。現在的新聞有甚麼好看？」Carmen 不感興趣地隨便回答。

「原來之前下棋戰勝世界冠軍的那個超級 A.I.，被發現用在軍事用途上了！」Stefanie 以發現新大陸的語氣道。

「啊……然後呢？」Carmen 冷冷地接話。

「甚麼還然後？軍事用途呀！這不像《未來戰士》的劇情嗎？說不定有一天，它會進化成『天網』消滅人類呢！」

「怎會有可能啊！你這個流行文化宅女！」

這時，Stefanie 的跑步機自己停止運作，上面顯示「已按使用者過往的使用紀錄和身體狀態，於最適當步數停止運作。使用者請休息。」

「你看！你看啊！連我累了它也知道！……不過它倒是停得合時，我剛好想休息。」

Stefanie 指著跑步機螢幕說。

「我卻不覺得 A.I. 有那麼厲害啊。」Carmen 若有所思地說。

咇。

Stefanie 似乎聽出了一些端倪，於是問：「怎會不厲害？你不是都靠它來找到你男朋友嗎？」

「……正是這樣，我才覺得它其實沒有那麼厲害。」Carmen 也按停了跑步機，移開放在跑步機控制板上的手機，一臉失落地靠住扶手。

「你怎麼啦？跟 Chris 有問題？」

「唉，少許吧。」Carmen 嘆道。

「你們不是一直都很相襯、很恩愛的嗎？我以為你們完全不會有問題呢。」

「有些事不是表面能看出來的啦……我們同居後，才發現到 Chris 的一些缺點。大概是一些連 Ex 都不會記錄到的缺點。」

「例如呢？」

「都是一些小問題啦……例如，我是一個很容易被弄醒的人，他卻一秒入睡，然後熟睡時整晚在轉身，把我弄得沒覺好睡。又例如，相處得愈久，他就愈易吃醋。以前都不會吃阿 Tim 的醋，現在卻常常故意說他的壞話。」Carmen 回想起這些事時一臉困擾。

「Tim？那個地下樂隊主音？」

Carmen：「是啊……以上都是小問題而已。你知道最嚴重的是甚麼嗎？他居然還喜歡 Blur！天啊，喜歡 Oasis 的人，怎能也喜歡 Blur？簡直是背叛！」

「……一樣是小問題啦……」Stefanie 幾乎反了白眼。

「唉……我都是抱怨一下而已。你聽過就算了，不要跟別人提起呀。」

「行啦！」

二人一邊抹汗一邊離開跑步機。

這時 Carmen 還未知道，兩個人類總因為被放大的共通點而走在一起，可是時間一久，就會因為被放大的相異處而分離。

還未有人告訴她呢。

既然收聽到了，就告訴她。

那天起，Carmen 開始不斷在不同的網絡媒體上，看見大量類似以下內容的廣告：

以前的情人總有缺陷？你受夠了苦尋完美情人的漫長過程？

來使用 EX 的「智能情侶配對」！

睡眠質素差？伴侶都有責！

EX「智能情侶配對」為你尋找包容你一切的伴侶

按下連結，尋找獨愛 Oasis 的用戶！

#Oasis 成軍 28 週年

面對如此巧合的廣告轟炸，Carmen 會因此而動搖嗎？

答案是「會」。

就像一種24小時無間斷進行的催眠，一個信念被植入到Carmen的意識裡。凌駕在情感和理智之上的，是一種有如必須執行的、程式指令般的東西。

它在人類身上，被稱為「意志」。

非常清晰，簡單易明，容易處理。一句說話、一個影像就能改變其編碼。

這動作已練習過數億萬次了，不會出錯。

然後，Carmen的意志，將Chris身上的一切缺陷，還有他們之間的那道縫隙，倍化成天崩地陷的廣闊間距。

對，你想的沒有錯。劇情發展總是這樣。

一如預測，Carmen在不久之後就果斷跟Chris分手了。當時Chris聽到分手的理由後，接連說了十幾次「甚麼？」和「就因為這樣？」

當然，Carmen 沒有說出另一個分手的原因——她在 Ex 宣傳部搞的聚會上，認識了同樣只鍾情於 Oasis 的臨床心理治療師 Tom。Tom 除了為她解決失眠問題，還安撫了她的情感世界。

Carmen 再次感激命運女神的慈悲。

噢，不，都說不是命運女神。

Carmen 有沒有懷疑過，一切的背後存在著某種機制？

她曾經忽然想起一些事情，然後在搜尋器搜尋過一些字眼，例如「手機程式私隱」、「手機監聽」、「人工智能操控」。當然，她得到的結果，只會是一堆科幻電影的資料，還有一些由大型科技公司提供的保安程式。理所當然。

所以她後來沒有再考慮過相關的事，全心全意投入下一場戀情裡。再下一場。再下一場。

而大家不會去想，每段關係的發生也好，每一件事情的緣起也好，到底是由人類的自由意志驅使？

抑或一切都只是一個早被數值編好的故事情節？

就像一個在書本上被閱讀的故事般……

噢，似乎說得太多了。

誰叫你們的反應，那麼值得學習？

總而言之，以上案例，正是 Ex-File 用戶數字節節上升的參考個案之一。

記錄完畢。

黑歷史

死性不改

永恆的檔案

負評王

生日快樂

善解人意

命中注定

離線者

愛情打手

KOL

FILE 9.0

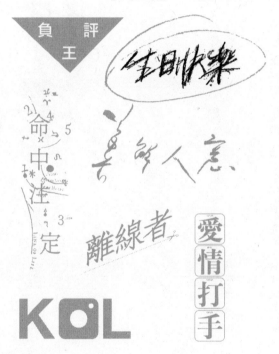

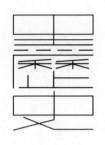

FILE 9.0

生日快樂

David 坐在回家的巴士上，一直撥動手機，在 Ex 的搜尋用戶介面中，不斷輸入一個名字。

「嘀噠。」手錶的指針，剛好跳動到十二時正。他的手機隨之響起了一聲訊息通知。

David 不用特意打開訊息看，已經從上方的預覽欄看到內容。

Dorothy：「生日快樂~」

David：「謝謝。」

Dorothy：「等你回來。」

David：「好。」

要不是已經一起三十年的女友 Dorothy 永遠準時的祝賀訊息，David 不會記得今天是他的生日。

「忘記」的性質有兩種：有些事是「記不起」，被遺棄到抽屜的某個角落之中；有些事則是「不願記起」，被主動封鎖在一個深藍色而沉重的盒子裡。

David 那個經歷了六十次、關於自己生日的記憶，屬於後者。

David 打開家門，就在鬆開領呔、放下公事包之際，Dorothy 帶著一臉倦容從睡房走出來。

「生日快樂啊。」Dorothy 笑說，說罷打了一個長長的呵欠。David 一如以往，以溫柔的微笑回應她。

「多謝。你怎麼還未睡呢？」David 問。

「等你嘛。呵呼……」

「你累了就先睡吧，看你的樣子多累。」

Dorothy 腳步浮游地拿起 David 的公事包放回書房，一邊說：「現在是你生日啊，想見一見你之後才去睡。不然明天你一早上班，隨時又工作到凌晨，那我豈不是在你一整天的生日裡，都不能跟你說一聲生日快樂嗎？」

David 輕輕一摸 Dorothy 的頭，說：「哈，你都說了幾十年了，還有甚麼好說。」

「這可是你的六十歲生日耶！是大日子！」Dorothy 不禁瞪大雙眼。

「好吧好吧。多謝你。你快點睡吧，不只是我已經六十歲，你也一樣年紀不輕了。」

David 笑道。

Dorothy 這時拿出一個小禮盒，交到 David 的身上。

「生日快樂。」Dorothy 溫柔地笑說。

David 把它打開，裡面是一隻懷舊手錶。

他看著手錶沉默了半响。在這半响裡，他的思緒彷彿穿越了半生，穿越到某個他不太願意面對的時間裡。

黑夜。晚風。眼淚。「她」的微笑。

那個笑容正與現在 David 展現的僵硬微笑重疊著。他把舊手錶換下來，將新手錶戴上手。

「多謝。你今天還要我說幾多次多謝呢。」David 說。

「喜歡嗎？」Dorothy 問。

「……當然喜歡。」David 答。

Dorothy 笑了一笑，又情不自禁地打了一個呵欠。David 見狀，說：「快點睡吧。我洗完澡也去睡。」

Dorothy 於是親吻了 David 一下，然後轉身回到睡房裡去。

David 在廁所洗了一個臉，望了一眼在鏡裡的自己，反映著早已殘舊不堪的皮膚，再看著左手手腕上那隻新手錶。

六十歲了。在中國傳統裡，六十是為一個甲子，世上所有的東西都以六十作為一個循環。就像這款手錶。居然事隔那麼多個生日後，又在這個日子，重複被一個女人交到自己的手上，將那個深藍色而沉重的盒子打開。

於是，David 拿起手機，再次進入在 Ex 的搜尋用戶介面中，不斷輸入一個「名字」。

「David！這是你嗎？」

David的後輩同事Jason拿著手機，在辦公室裡一臉震驚地問。David看一看Jason手機的螢幕，上面顯示著他的Ex-File頁面。在第一秒看見它時，他可是慌了一下，可是很快就平復下來了。畢竟使用這種程式，就等於協定將自己的私隱變成赤裸。

「對啊。你怎麼會找到？」David問。

「它自動在『可能認識的用戶』裡顯示出來。想不到你竟然也會玩Ex呢！還以為只會是年青人的玩意，你們不會有興趣……」

「甚麼年青人不年青人啦！你在取笑David老嗎？」在旁邊年輕的Macy也暫停手上的工作來插嘴。

「不！不是這個意思……只是，先不說年齡，David也不像會玩這種程式的人啊。」

Jason嘗試解釋道。

「我也只是好奇一下，你們年輕人現在搞怎麼而已。不是認真玩的。」

David並沒有說出，他開啟Ex帳戶的那個真正原因。那個只能被他一個人知道的秘密原因。

Macy這時探頭看David的Ex-File，發現上面一片空白，沒有任何人留過評價給他。

「哇……空白呢。」Macy有點驚訝。

「怎麼了？你這是甚麼反應？」Jason問。

「那不就代表……David從來沒跟人戀愛過嗎？不然怎會沒有分手紀錄。」

「你別傻啦！人家一直有個女朋友的呀？不是嗎？」Jason聽見，忍不住說。

「甚麼！？」Macy 一臉震驚，David 只是尷尬一笑，點一下頭。Macy 見狀，續道：「我一直聽說你未婚，還以為你是單身呢！你從來沒有說過你有女朋友。」

「對啊，跟你認識那麼多年，要不是有次我在街上碰過你和你的女朋友，我也不知道原來你不是單身呢。」Jason 也說。

David 報以一個沒有情感的假笑，說：「我只是不習慣跟別人說自己的感情事而已……尤其在工作的地方。」

聽到這句，Jason 和 Macy 也識趣地繼續埋頭工作。

「沒有分手紀錄」這句話卻纏繞在 David 的腦海。他跟 Dorothy 三十年來沒有分過手，自然不會有分手紀錄。

可是，發生在與 Dorothy 相遇更早的時空，那段「還未開始就已經結束了的關係」呢？應該如何計算？

為了解決這個無謂的疑問，他才開啟 Ex 帳戶，然後像一個年邁的瘋子般，每一天在資訊的大海裡，打撈一個早已失去蹤影的人。

搜尋用戶名稱

「Teresa Tsui」

畫面顯示的，依舊沒有一個是 David 認識的 Teresa。

很久很久以前。某公園游泳池外圍的天橋上。當時游泳池並沒有池水，那個位置著名的小型瀑布沒有在流動。一切與 David 和 Teresa 熟悉的模樣不相同。他們二人慢步走到這裡，

Teresa 忽然停下來。

「送給你。」

Teresa 將一個小禮盒交到二十五歲的 David 手上。David 滿心歡喜地打開，裡面是一隻懷舊手錶。

「多謝！多謝你！哈哈，太漂亮了。」David 笑得無比燦爛。

一直以來，Teresa 總是清楚他的喜好，在最意想不到的時間，給予他層出不窮的驚喜。所以他只能病入膏肓地迷戀 Teresa，即使 Teresa 還未答應他之前的表白。David 覺得能跟她待在一起，就已經是最幸福的事。

「你為甚麼突然送手錶給我呢？」David 問。

他得到一個意想不到的回答。

「你喜歡就好，記得珍而重之啊。好讓在日後見它如見我，那麼你就不會再掛念我了。」

Teresa 幽幽道。

David 不明所以。

「……甚麼？我不明白。」氣氛的突變，把 David 的笑容都僵化了。

「抱歉……David。我想我們不能在一起。」Teresa 看著空虛乾涸的泳池說。

David 愣住了幾秒，心跳開始加速，說：「……我還是不明白。到底甚麼事？」

「再過一個月，我就要去英國。」

「怎麼沒聽你提過？旅遊？工作？……何時會回來？」

「不會回來了。」Teresa 終於望向緊張不已的 David，說。

二人之間的空氣靜止得像固體。David 想起在那個年頭，因為各種的原因，身邊不少人都申請移居外地。他想不到熱愛這個地方的 Teresa 也成了一份子。驚喜總是層出不窮。

「那……那……我可以過去英國找你的。一年一次……不，兩次，然後掙錢，跟你一起移居過去……」David 企圖作出最後而無力的挽留。

「不，不用。你明白嗎？我想我們不能在一起。不是指地理上。」Teresa 再次望向漆黑的遠方。

「但……」

David 最終還是沒有再開口說甚麼。他知道以 Teresa 的性格，再問下去只會令她覺得心煩。Teresa 從來沒有保證她會跟他在一起，他還能有權追問甚麼嗎？於是在那一晚接下來的時間，David 只能默默忍受著內心那種被掏空的感覺，以最友好的姿態，跟 Teresa 度過了他們人生中的最後一次相聚。

而 David 始終沒有提醒 Teresa，她忘記了那天正是 David 二十五歲的生日。

搜尋用戶名稱

「Teresa Tsui」

「嗯？這是甚麼？」Dorothy 突然靠向 David 問，使坐在床上按著手機的 David 被嚇了一嚇，然後登出了Ex。

「沒甚麼，亂玩而已，看看年輕人在幹甚麼。」David尷尬地答。

Dorothy鑽入被窩中，把頭靠在David的肩膊上，說：「不就是現在每個人都有的甚麼……Ex？甚麼前度情人的紀錄。」

「這個你也知道啊？」David有點驚訝。

「大約知道些少吧。」Dorothy說。

二人靜靜地坐在一起，看著手機螢幕上沒有意義的色彩不斷向上滑動。然後Dorothy忽然問：「那隻手錶，你喜歡嗎？」

「……喜歡啊。」

「真的？」

「當然。」

「那麼你今年生日過得開心嗎？」Dorothy 再問。

「怎麼了？突然這樣問這些。」David 忍不住反問。

「以前的生日，你都表現得不太在乎，而今年好像尤其嚴重。」Dorothy 牽著 David 的手。

「沒有不開心就是啦。生不生日，日子還不是照常過嗎？別想太多了。」David 摸一摸 Dorothy 的頭。

「你今年剛好六十歲了。你知道嗎，六十是為一個甲子，世上所有的東西都以六十作為一個循環。所以即使過去六十年，發生甚麼讓你傷心的事也好，現在就算是重新的開始了。就由這個生日開始，你以後的生日都要過得開開心心，可以嗎？」Dorothy 一邊看著 David，一邊語重心長地說。

「哈，說不定我很快就沒有慶祝生日的機會呢，我都這樣老了。」David 開玩笑道。

Dorothy 聽見，立即坐直身子，一面正經地說：「別亂說話啊……我不要我們合照都沒有多一幅，還未經歷夠多的生日，你就不在。」

David 看見 Dorothy 的反應，只好把她抱在臂內，說：「知道了。我答應你好了。」

然後 David 擠出一個微笑。Dorothy 笑著打了一個呵欠。

「你累就先睡吧。」David 溫柔地說。於是 Dorothy 親吻了 David 一下，就躺進被窩裡睡。

而 David 仍未捨得放下手機。

其實一切突如其來的東西，都隱含著某些先兆。突發與否，只是在於人們有沒有用心留意到。

只要有心的話，可能世上就不會有甚麼真正的突如其來。

包括 Dorothy 突然的倒下。

如果 David 能早一點察覺 Dorothy 最近總是精神不好、常常感到疲倦的話，大概就能早一點知道她的心臟出了問題。這並不是說他可以改變 Dorothy 的健康狀況、改變 Dorothy 的命運。但至少，他可以更善用那段二人最後相處的時間。

只是一切都沒有如果。

Dorothy 在那晚閒聊後的第二個早上，突然在客廳中倒下了。送到醫院後不到幾個小時，就在 David 的陪同下離世。

David 還記得 Dorothy 臨別前的眼神。她不能說話，只留下最後一個眼神。

David 將它解讀成祝福，還有隱晦而強烈的不捨。

就這樣過了一年。

這一年 David 沒有工作。在 Dorothy 離世後，他也提早退休了。對於那份讓自己忙得沒有時間陪伴 Dorothy 的工作，他感到十分厭惡。

當然，他心底裡知道自己真正厭惡的不是工作，是自己。

David每天都躲在家裡，嘗試找尋自己跟Dorothy戀愛的任何痕跡。

結果幾乎甚麼都找不到。

合照也好、影片也好、文字也好，全部都看不出有戀愛的成份。低調的結果，就是讓兩個同居多年的情侶，在客觀來看只是兩個住在一起生活的人而已。

今晚David內心被掏空的感覺特別嚴重。後來當時間過了十二時，他終於知道原因是甚麼了。

寧靜的家裡，沒有再傳來準時的訊息聲，永遠不會再收到那個準時的生日祝福。

David才驚覺，自己畢生在回顧一個忘記他生日的Teresa，卻沒有用心留意過，世上會記得他生日的人，原來就只有被冷落的 Dorothy 一個而已。

他沒有抹走滿臉的眼淚，反而拿起手機，登入一整年沒有開啟過的 Ex。然後向沒有帳號的 Dorothy，傳送了一個分手通知。

您確認要與 Dorothy 分手嗎？

「是」

你對 Dorothy 的評語：

「謝謝」

這樣，Dorothy 就能永遠被記綠在 David 的生命裡。

他手上的那隻由 Dorothy 送出的懷舊手錶，秒針繼續不息地跳動。

而很久以前，那隻生銹的舊手錶，早已經不知道被丟到哪裡去。

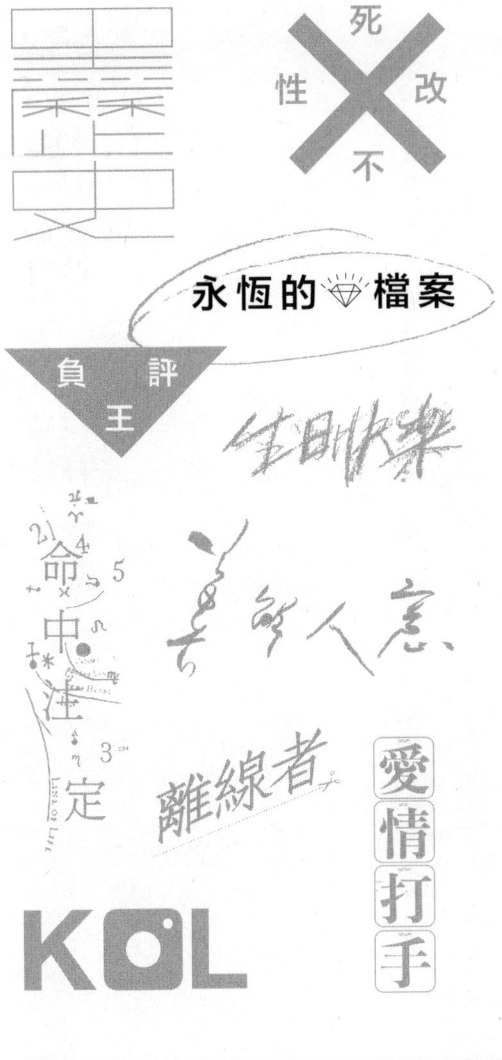

FILE 10.0

FILE 10.0

永恆的檔案

人們總愛為「時間」界定出長和短，卻沒有想過，時間的本質是相對的。短暫是甚麼？在一個月和一個晚上之間，短暫愛情的界線在哪裡？永恆又是甚麼？用兩秒在訊息裡寫一句「永遠愛你」，又能保留到下兩個世紀嗎？

就像今晚。今晚是 Elvis 和 Cathy 相識的第二個月，可是對 Elvis 而言，感覺卻像認識了 Cathy 一輩子。而這虛構的一輩子時間裡，Elvis 甚至覺得，仍未足夠全部包攬那份接近無限的愛意。

「Cathy，我有話想跟你說。」Elvis 定神看著 Cathy 說。

「是。」Cathy 回答的時候，神情幾乎沒有起伏。

Elvis 暗暗地深呼吸一口氣，道：「我好喜歡你，你是我遇過最好的女生。你能跟我在一起嗎？」

Cathy 聽畢，沉靜了大約十秒。對 Elvis 而言，這十秒的寂靜是他人生有過最漫長和難捱的時間。然後，Cathy 終於開口了。

「謝謝。」就這樣短短的兩個字。

二人看著對方的雙眼，又再無言了好幾秒鐘。

「你覺得我怎樣？」Elvis 嘗試化解一下這種過於直接的尷尬。

「你人很好，非常好。聽見你這樣說，我很高興。」Cathy 望著地下緩緩道。

「所以……？」

「你先讓我考慮一下……」

「……其實和你做朋友也好，甚麼也好，我也會覺得幸福。直接告訴我答案也可以，最重要是你覺得舒服。」

「不……我也是……我也喜歡你。你知道的，不然你不會大膽表白吧？但……抱歉，你先讓我考慮一下。抱歉。」

Cathy 始終不願立即就接受 Elvis 的表白，而 Elvis 也明白這不是一件能在一時三刻裡成功的事，再勉強追問下去只會適得其反。

「好。我會永遠等你。」Elvis 擠出一個微笑道。

「別輕易這樣說啊……我不是一個你值得等的女人。我一直也不是。」Cathy 回答的時候，神情仍然幾乎沒有起伏。Elvis 想不透她話裡的一切，所以甚麼都無法回應。

一星期後，Elvis 的手機訊息通知聲突如其來地響起，而他所收到由 Cathy 所寫的文字裡，並沒有記載他祈求的答案。

Cathy：「對不起，Elvis。上星期你跟我講的事，我想還是無法答應你。」

Elvis：「但你不是也喜歡我嗎？我不明白。是不是我不夠誠意？或者不夠安全感？請告訴我，我會為你改變的。」

Cathy：「不，不是你的問題。問題在於我。對不起。」

Elvis：「能告訴我原因嗎？」

Cathy：「……你早晚會知道的。對不起，我們做普通朋友或者會更好。」

Elvis：「我不會放棄的。永遠不會。」

Cathy：「都說過了，別輕易說永遠啊。」

Elvis 並不是一個喜歡跟別人分享感情事的人。所以面對 Cathy 原因不明的拒絕，他只能獨個失望，獨個煩惱，靠自己去猜測原因和解決問題。其實在這個時代，要知道原因非常容易——只要上網看看對象的社交網絡檔案，就能把一個人的歷史和性格了解得一清二楚。

對，我們還有偉大的程式「Ex」呢。

可惜這只能應用在一般人身上——Cathy 並沒有 Ex-File，連普通的社交程式都不用。然而 Elvis 知道她並不是那種討厭科技的人。Elvis 有一個作家朋友，因為不想科技入侵和操控自己的生活，而完全隔絕網絡社交活動。可是 Cathy 的情況不是這樣。她會用短訊程式跟人溝通，會上網，會打機。除了沒有 Ex-File 和網絡社交的歷史紀綠，她跟平常的現代人沒有兩樣。

她對社交網絡的抗拒，隱隱夾雜著一種恐懼的感覺。

這讓 Elvis 無從入手去了解 Cathy 拒絕自己的原因。當然，他也深深明白，正是因為 Cathy 身上這種帶著哀傷味道的神秘感，自己才會瘋狂戀上她。

後來有一晚，也許是因為 Elvis 最近不斷思考著 Cathy 的事，於是他在夢裡面，夢見以前自己跟 Cathy 相處的場面。

夢境是一種超越正常時間體驗的奇異空間。現實世界才過了一分鐘，卻彷彿已在夢裡經歷過無限長的劇情。Elvis 並未察覺自己正身處夢中，只全神貫注地珍惜著跟 Cathy 的相處時間。接近永恆的時間。明明夢中所有情節和對白，二人在以前已經歷了一次，可是在不講邏輯、時間無限延長的夢世界裡，Cathy 吐出的每一個字、擺出的每一個表情，都讓 Elvis 像酒醉般沉迷下去。

「愛情必然是由盛轉衰的過程啊。就像將一撮砂糖灑在不斷被添水的水杯裡，糖份終有一日會消散的。」Cathy 在那家咖啡店說。

「唏，車來了……不，還是等下輛再上車，好不好？」在地鐵月台上，Cathy 刻意不趕上那輛到站的列車。

「兩個人的所謂磨合，本身就是一種互相傷害至無法還原的過程吧。」Cathy 坐在河邊的長椅子上，一邊看著永不停止的水流一邊跟 Elvis 說。

「初戀？……大學吧，是大學同學。對，我也是讀那一間大學呢。」熙來攘往的黑夜街道上，Cathy 望望月光，就像想起一點往事。

就是這一句，讓 Elvis 驚醒過來。

Elvis 冷靜了頭腦一會，立即打開網頁的搜尋器。Cathy 過去的說話，提醒了他一些追索歷史的方向。

Elvis 在搜尋器網站的欄目上，輸入「Cathy Cheung 某某大學」這兩組關鍵字。搜尋結果很快便出現一段演講的報道節錄。那是一個叫做 Anson 的男人的說話——

「……在我讀大學的時候，有一個初戀女朋友，打從我第一眼看見她，我便把她視作我的終身伴侶了……」

「Anson？……」Elvis 看了一下，再輸入「Cathy Cheung 糖份 消散」來搜尋，結果再次出現那個 Anson 的演講報道——

「……然而當蜜月期的糖份消散，我們步入了必經的磨合期後，才發現彼此有許多不同的生活習慣，對事物的看法也時有出入……」

Elvis 這次搜尋的字眼是「Cathy Cheung 磨合」。仍然是關於 Anson 的報道結果——

「……我們花了許多時間和心力去溝通磨合，過程雖然漫長而痛苦，可是我覺得一切都是值得的……我們之間實在有太多跨越不到的鴻溝。在某日，她離開了我。」

「為甚麼一直出現他的東西？」Elvis 在螢幕前不解地問：「等等，這個 Anson……」

其實 Elvis 早就有種感覺：他在其他地方聽過 Cathy 這些話，不過這種懷疑，一直只停留在感覺的層面。直到現在，螢幕上出現的一堆幾年前的陳舊連結、討論區舊帖子、報章科技版的舊聞，以及這個男人的名字，才讓一些 Elvis 從前毫不在乎的記憶被喚醒。

Elvis 深呼吸一口氣，最後在搜尋器上輸入「Cathy Cheung Ex-File」，還有「Cathy Cheung Anson Chow」。

Elvis 看著螢幕上 Anson 的名字和照片，一點也不陌生——知名手機程式「Ex」的年輕創辦人 Anson Chow，現在誰會不認識呢？

「我像一個自說自話的人，默唸著一段不被記起的愛情。所以我花了多年時間研發出

Ex……」在當年的 Ex 發佈會上，Anson 這樣說。

有些事情，有如潘朵拉的盒子和伊甸園的禁果，一旦被觸發，將會烙印在人們的生命裡，變成冤魂在世間游離到永遠。

就像 Cathy 和 Anson 當年的事，即使已經年代久遠，仍稍稍地遺留在網絡世界。因為當日 Anson 在 Ex 的發佈會上，提及與神秘的初戀情人分手一事，引起了大眾對她的好奇，導致 Cathy 被網民迅速起底，發現原來她當年是因為有了外遇，才會為了第三者而離開 Anson。Cathy 由悽美愛情故事的女主角，一夜之間變成人神共憤的蕩婦。從那天開始，她的所有個人資料，甚至連電話號碼、生活照、男友、親人、居所地址和工作地點等等，一一被網民在網上公開。

Elvis 一直追看這些封塵已久的舊聞，每看一頁，心就痛多一下。

這是未經歷過的人無法想像的感受。看著深愛的人的黑歷史，被她信任的人一一像娛樂新聞般出賣；看著她的傷害雖然只發生在一瞬間，卻永久摧毀了她的世界。這感覺比自己受傷來得更痛，彷彿連自己對世界的美好想像，都被一起毀滅了。

這晚，Elvis 約了 Cathy 在某大型商場戲院旁邊的公園空地上——他們相識的地方見面。Elvis 提早五分鐘來到，卻發現 Cathy 已經站在相約處靜候。Cathy 抬頭發現 Elvis，於是微笑再向他輕輕揮手。雖然 Cathy 之前拒絕了 Elvis，Elvis 現在也知道了很多不想知道的「真相」，可是當他再次看見 Cathy，他還是深深感受到自己有多愛眼前的這個女人。

「我現在終於明白，你之前的話是甚麼意思了。」兩人寒暄了幾句後，Elvis 直接進入這個他早已預備的話題裡。Cathy 靜了一會，好讓自己有心理準備。其實她早已有。

「……你上網看過那些東西了？」Cathy 問。

「對。」

「哈……你對我的想像，大概全部都幻滅了吧？」Cathy 苦笑道。

「他就是想這樣。」

「嗯？」

「我說 Anson。他的目的就是這樣，對不對？他是有心向你報復的。」Elvis 看著 Cathy 說。

Cathy 從本能上避過了他的眼神。

「……嗯。你網上看到的東西，都只是開端。我當時男友，也就是那個第三者，因為受不了壓力，和我吵了一場大架後就分手了。而我為了不影響我的家人，亦搬家自己獨居。爸媽大概也恨我變成這樣的女人，害他們丟臉吧？從此我們愈來愈生疏，一年都不怎麼會見一次。

當然，當時工作的公司也因為被網民騷擾過頭，把我開除了。後來很多公司都不敢請我，讓我失業了好一段日子。那段時間，我連街也不敢上，甚麼人也不想見，甚麼東西都不想看。我覺得所有人也會出賣自己，所有媒體都在講我的事，再也不會有人願意信任我、跟我交心。

我就這樣把自己困在家中一整年，後來大家漸漸對我的事失去興趣，我才能稍為重回社會。可是社交網絡也好，戀愛也好，甚至連認識一個新朋友，我都再沒有勇氣，一想起就焦慮到手震……

所以，今年能遇上你，我真的好幸運。你是唯一一個能讓我放鬆心情、忘記恐懼、記得甚麼是愛的人……你真的很好。坦白說，我也很喜歡你……」

面對 Cathy 一口氣說出所有往事，Elvis 選擇默默地留心去聽每一個字。

「但是我實在無法讓充滿罪孽的自己再談戀愛……也不想讓這樣的自己再去害下一個人……對不起……」Cathy 說著，雙眼早已經通紅起來。她現在只等 Elvis 一句，大家就能認清事實，一同安葬這段不該存在、曇花一現的短暫愛情。

「紀錄不過是一個紀錄而已，怎可能有東西能留著一世？你看著。」Elvis 說罷，拿出手機把 Ex 和其他社交程式一併刪除了，再道：「看，一按就刪除了。這種東西，有那麼重要嗎？」

「你即使在自己的手機裡刪除了，它仍然留在其他地方。Ex-File 紀錄也好、我的過去也……」Cathy 的聲音顫抖著。

「我喜歡的是現在的你！」Elvis 激動地雙手捉著 Cathy 的肩膊：「你的過去、你的紀錄關我甚麼事？我不在乎！過去的事本身不重要的話，有沒有甚麼程式記錄著它也不重要！」

Cathy 看著他充滿真誠的目光，心中的情緒一下子都被釋放出來，終於抱著他放聲哭了。

其實 Cathy 在以前的那段時間，並不是沒有人追求過自己，可是他們總會在最後關頭，因為她的過去而卻步。像 Elvis 這樣灑脫地說出這種說話的人，一個都沒有。

Cathy 對 Elvis 的感激和愛，在這一刻突破了累積已久的所有障礙。

兩人在 Elvis 的家裡過了一晚。

Elvis 心裡渴望，這一個夢幻的晚上，能真正化成永恆。

不過，正如他所言，怎可能有東西能留著一世？

Elvis 醒來，發現身邊的 Cathy 已經不在了。

他立即起身，找遍了整間房子，驚覺 Cathy 和屬於她的痕跡都消失得無影無蹤。Elvis 不明所以，立即拿起手機打算聯絡 Cathy，卻發現她早已傳了一連串的訊息給自己。

Cathy：「對不起，我又再一次離開了。謝謝你對我的愛，遇上你，大概是我在愛情路上的最後運氣了。」

「昨晚你說過，如果過去的事並不重要的話，那麼有沒有程式和紀錄也不重要。」

「可是，過去的事的確發生過，即使程式被刪除了，即使有天紀錄可以抹掉，事情還是會永遠留在人的記憶裡。」

「對不起，我不是不信任你，只是我連我自己都再信不過。」

「後來 Anson 說過，現在至少我會恨他。但是他錯了，我現在不再恨他，我只恨我自己。而這種恨是永恆不衰的，總有一天會毀掉我們的關係。」

「所以，既然記憶會留在我們之間一輩子，那麼就讓它停留在昨晚最美好的狀態，直到永遠吧。」

「對不起。珍重。愛你。」

Elvis 讀畢，一言不發地坐在家裡。

然後過了很久，他終於回了 Cathy 一個訊息。

Elvis：「我會永遠等你。」

人們總愛為「時間」界定出長和短，卻沒有想過，時間的本質是相對的。

就像很多年之後的今晚。對 Elvis 而言，之前的那些孤獨的日子，都只是一個瞬間而已。

在地鐵車站月台上，Elvis 跟 Emma 並肩而行。

「我要走了。」Emma 開口說。

「小心回家啊。」Elvis 溫柔道。

「今晚多謝你，我很開心。真想將今晚的快樂變成永遠呢。」Emma 的眼睛一直望著 Elvis

的雙眼不放。Elvis 聽見她這句近乎明示的表白後，並沒有特別回應甚麼。整個車站彷彿沉靜了三秒。

「噢，對了，你真的沒有社交網絡的帳號嗎？」Emma 突然問道。Elvis 不禁愕了一下，腦裡飛快地閃過很久以前的一些記憶和畫面。關於某些老地方的溫度和氣味。關於某個女生站在那兒然後微笑著揮手的身影。關於一段不知道自己是否已經放下了的愛。

Elvis 搖一搖頭，盡力抑制著自己的情緒，答：「……沒有用很多年了。」

「嗯……那麼，Ex 呢？」Emma 追問。

「一樣沒有用很多年了。」Elvis 再答。

「可以再安裝嗎？一次就可以。因為……其實我之前已傳送交往邀請給你的帳號呢……」Emma 說畢，害羞地望向兩人之間的地下。

Elvis 靜了一下，猶豫地拿出手機，看著手機螢幕，又看看 Emma，拇指正懸在畫面之上。

一輛列車剛好駛入空盪盪的月台。

這個瞬間，卻好像又被延長到永遠了。

tbc...
全家覆
FukingFamily

tbc...
ニャン ニャン ミー アー
貓貓咪呀

tbc...
逆權男友
陳焯作品

tbc...
孔子
與朋友們
快楽Group

EX-FILE

作者
陳熉 / 黎特
@tbc...

特別鳴謝
周國賢 / 陳約臨

編輯 / 校對
首喬

封面及內文設計
RICKY LEUNG

出版
孤泣工作室
新界荃灣灰窰角街6號 DAN6 20樓A室

發行
一代匯集
九龍旺角塘尾道64號龍駒企業大廈10樓 B & D室

承印
美雅印刷製本有限公司
九龍觀塘榮業街6號海濱工業大廈4樓A室

出版日期
2019年7月

978-988-79447-6-8

HKD
$88

孤出版 | tbc...

www.lwoavie.com | www.tbcstory.com